誤解

イレーヌ・ネミロフスキー

芝盛行 訳・解説

Irène Némirovsky

Le Malentendu

未知谷
Publisher Michitani

―― 目次 ――

主要登場人物

イヴ・アルトゥルー　一八九〇年、パリ生まれ
ジャック・ジュッサン　イヴの戦友
ドゥニーズ　ジャックの妻
フランセット　ジャックとドゥニーズの娘
フランシュヴィエーユ夫人　ドゥニーズの母、四十九歳
ジャン＝ポール　ドゥニーズの従弟
ジャン・ヴァンドモア　イヴの旧友

誤解

1

避暑地

イヴは、幼い少年のように、ぐっすり眠っていた。折り曲げた肘に額を埋め、かつての深く安らかな眠りと共に、汚れなく生まじめな子どもの仕草と微笑みまで本能的に取り戻していた。太陽が焼き尽くした平坦な浜辺で、海の夕暮れの太陽、タマリクス*の木の間から射しこむ太陽を浴びて夢を見ていた。

* ギョリュウとも呼ばれる落葉小高木。ヨーロッパ、アジア、アフリカに分布し、海岸等塩分の多い土壌に自生する。ピレネー地方のタマリス川が名前の由来。

とは言え、十四年来、彼はアンダイエ*を訪れていなかった。昨日の晩着いて、このバスク地方の甘美な一隅で、彼の目に入ったのは、音響に満ちた暗い深淵――海――彼にはタマリクスの森に見えたもっと濃い暗闇の中のいくつかの光、それとは違う波打ち際の光――カジノ――だけだった。かつて、そこでは漁船だけが揺蕩《たゆた》っていたが。

* スペイン国境に接する大西洋岸、フランス最南西部の都市。

だが彼の記憶の中で、子どもの頃の陽光あふれる天国は無傷のまま残っていた。そして彼の夢はそのままそれを再現した。最も細々した部分まで、空気の特別な味わいまで。

子どもだったイヴは最も美しい休みをアンダイエで過ごした。そこで見事な果物のように熟した、充実した黄金の日々を味わった。驚いたその目に、太陽は創造されたばかりのように真新しく見えた。それから、世界は少しづつ、新鮮な色彩を失ったようで、老いた太陽そのものがくすんでしまった。だがいくつかの夢の中で、彼は優美で生き生きとした想像力を持ち続け、もう一度原初のあらゆる輝きの中で、新鮮な色彩を取り戻す若者になった。そんな夜に続く朝は甘美な悲しみに魂を奪われたようだった。

その朝、イヴはパリでと同じように、八時の鐘で、はっと目を覚ました。目を開け、ベッドから飛び降りようとしたが、よろい戸の隙間越しに、陽光が金色の矢のように枕元まで射しこむのが見え、同時に田舎の美しい夏の日の軽いざわめきが聞えた。近くの庭園でテニスをやる者たちの声とひときわ楽し気な物音――ベルの音、足音、外国人たちの声が入り混じっていた。それだけでホテルが有閑人種であふれる大きな建物であることがよく分かった。

そこで、イヴはまた床に着き、微笑み、のびをした。一つ一つの動作で、取り戻した贅沢のような心地よい安逸を楽しみながら。それからようやく、ベッドの銅製の柵に吊るしたベルを探して、押した。しばらくして、食事のトレーを持った給仕係が入って来た。彼がよろい戸を開けると、太陽が波のように部屋を満たした。

「いい天気だ」イヴは声を上げて言った。楽しみも心配も天気次第だった中学生の頃のように。床に飛び降り、裸足で窓に駆け寄った。最初、彼はがっかりした。左手のちょっと離れた、ビダソア川の岸辺のピエール・ロティ*の別荘と、右手の彼の両親の別荘、この二つ別荘しかない漁師と密輸入者のちっぽけな集落に過ぎなかった頃のアンダイエを知っていた。そこに今はバスク風を装った二十ほどの建物が立ち並んでいた。海岸沿いに細い木を植えた防波堤が見え、自動車が何台か停まっていた。彼は不愉快になり顔をそむけた。なんで祝福されたこの地上の一隅を台無しにしやがった？　素朴さそのもの、心が安らぐ魅力故に愛したのに。それでも彼は開いた窓辺に立ち尽くしていた。そして少しづつ、歳月が変えてしまった顔の中に一つの微笑み、一つの眼差しを改めて認め、それに導かれて、徐々に愛した顔立ちを見つけ直すように、深く穏やかな感情を込めて、山並みの色合い、輪郭、きらめく湾の海面、タマリクスの生き生きして軽やかな葉叢《はむら》を再発見した。そして大気の中に、アンダルシアの風が運んでくるシナモンと花咲くオレンジの木の香りを改めて感じ取った時、彼は完全に時の働きと和解した。微笑み、往年の歓びが胸に膨らんだ。

＊　一八五〇〜一九二三　フランスの作家。海軍士官として世界を回り、訪れた土地を題材にした多数の小説や紀行文を残した。

心を残したまま窓辺を離れ、浴室に向かった。艶出し塗料を塗った、白いタイル貼りの浴室は燦燦と陽光を浴びて輝いていた。彼はカーテンを引いた。それは入り組んだ模様をあしらったレース製だったので、同じ模様が直ぐ床一面に浮かび出て、海の風が揺する度に軽やかに、繊細に揺れ動いた。イヴは嬉しくなって、この光と影の戯れを目で追った。子どもの頃、それがお気に入りの娯楽だったことを思い出した。とにかく自分がなりおおせた男の中に、こんな子どもっぽさをまた見つける度に、古い写真を見る時に感じる、どこか苦しみの入り混じった感動をちょっと味わった。

彼は瞼を上げ鏡の中の自分を見た。この朝、彼の魂は子ども時代の輝かしい朝のそれと同じだったので、鏡に映った自分の姿は苦い驚きの印象を引き起こした。こんなに疲れ、生気のない三十絡みの顔、艶のない顔色、口元の小さな苦い皺、青味が褪せてしまったような目、隈のできた瞼、絹のような長い睫毛ももうなくなり……若い男の顔だ、確かに、だが既に時の手で変えられていた。それはそっと、容赦なく、若者の滑らかで瑞々しい肌に、ごく軽い網目、将来皺になる皮肉な最初の兆候を刻んでいた。彼はもうこめかみのあたりが薄くなった額を手でこすった。それから無意識のしぐさで、もっとごわごわした髪が生え直した場所、最後の傷跡、砲弾の破片を長い間探った。砲弾はあのベルギーの黒焦げになった陰鬱な壁面の側、枯れ木の中で、彼を殺しそこなった……

あくまでも青い空が、気づかぬうちに、嵐で真っ暗になる夏の日があるように、彼の思いは知らぬ間に曇っていた。だが食事のトレイを下げに入って来た給仕係が、彼をその思いから引き離した。彼はズック靴、水着を身に着け、バスローブを肩に掛け、浜辺に降りた。

2 美しいママ

イヴは、裸足の足元できしむ熱い砂の上に長々と寝そべり、目を閉じ、身を強張らせ、じっとしていた。太陽が焼きつける肌の全て、熱く青白い八月の空の強烈な光にさらした仰向けの顔の全てで、静かで、完璧で、ほとんど動物的な無比の感覚を思う存分楽しもうとして。

　彼の周囲では、至る所で、信じられないほど日焼けした若く、美しい男女が服を脱ぎ捨て、軽快に動き回っていた。他の者たちは、グループ毎に横になり、彼のように、濡れた体を陽で乾かしていた。上半身裸の若者たちが波打ち際でボール遊びをしていた。彼らは明るい浜辺に沿って、影絵のように走った。イヴはあまりに長い日光浴に疲れ、目を閉じた。閉じた瞼を通して、正午の光が侵入して彼を熱い闇の中に沈め、暗く燃えさかる大きな太陽がその中を駆け巡った。大気は力強い翼の音をたてて砂にぶつかる波のよく響く音に満ちていた。イヴは子どもの甲高い笑い声でまどろみを覚まされた。小さな足が彼のすぐ側を急いで走り、すぐさま、一握りの砂が投げつけられた。彼が身を起こすと、女が怒って叫ぶのが聞こえた。

「フランセット、さあさあ、いい子にして、すぐこっちにいらっしゃい！……」

イヴは完全に目覚め、砂地に足を組んで坐り、大きく目を見開いた。黒い水着をぴちっと身に着けた女性の美しいシルエットが目に入った。ほんの二、三歳の幼い少女が彼女の手を引っ張っていた。少女はとても元気でやんちゃで、金髪は藁の色ほど陽に褪せ、むっちりした体はほとんど黒人の少女並みに黒かった。

二人が海の方へ遠ざかるのが見えた。イヴはとても長い間その姿を目で追った。無意識に、幼女と同じくらい、美しいママが呼び覚ました楽しみに駆られて。顔はまるで見えなかったが、彼女は素晴らしい小さな立像のようだった。この海辺ではこんなに自然に見える光景を、パリで拝ませてもらうには、どんなに事情が重なる必要があるかと思うと、ちょっと笑わずにいられなかった。そこにいるままの彼女、日焼けした薔薇色の肌、薄い水着の下に見てとれる体のあらゆる窪みやラインを持つこの若い女性は、知らぬ間に、ちょっと彼のものになっていた。恋人に対するのと同じくらい彼に裸でいたから。彼女が泳ぐ人たちの群れの中に消えた時、彼がほんの些細な、ほんの束の間の不安、奇妙な後悔を感じたのはそのためだったかもしれない。大きな絶望に較べれば、それはナイフの傷と較べたピンの一刺しだったが。

彼は急になんとなく憂鬱になって横向きに寝そべった。金色の砂を、軽くて絹のように滑らかで厄介な髪の毛のように、指の間に流して、とりとめもなく遊んだ。それから、束の間目にした若い女性が出て来るのが見たくて、もう一度海を眺めた。日焼けした薔薇色の女たちの姿が前を通り過ぎた。だがいくらじりじりと待っても、さっきの女は見えなかった。とうとう、泣きながら、地団駄を踏む子どものおかげで、彼女をもう一度見つけた。少女は可哀そうに、多分潮水を飲んだのだろう、しょっぱい口で猛烈に抗議していた。ママはちょっと笑って、〝おばかさん〟と呼びながら少女を慰めた。突然、彼女は身を屈め、少女を腕に抱き上げると、自分の肩に載せて走り出した。イヴは隆起した見事な彼女の胸の形、コルセットを全然着けず、たくさん歩き、いつも踊っている今現在とても若い女性だけが持つ滑らかで逞しい体つきをはっきりと目に留めた。彼女は力強く、同時に繊細に見え、どこかしら、肩に重い水瓶《みずがめ》を真っすぐに置き、すくっとして走るギリシャの女を思わせた。彼女はそんなふうに自分のきれいな子どもを支えていた。美しく、すっきりした自然の中で、彼女はとてもすっきりして、とても美しかった。彼女が自分の傍らを通った時、イヴは何か胸を締めつけられて、彼女をもっとよく見ようと身を起こした――その顔を仔細に見てみたかった。見たところ、娘とほとんど同じくらい日焼けしていた。小さな窪みのある丸い顎、塩と波しぶきを味わったに違いない半分開いた湿って赤い唇。子どもと、とても若い女性が時に持つ、無邪気で飾らない雰囲気。それから彼は更に、短くカットした髪、小ぶりできれいな額の周囲の、きつい潮風になぶられた黒い髪の房を見た。ごわごわしたくせ毛はギリシャの大理石の青年像の巻き毛に似ていた。彼女は本当に凄く美しかった。もうテントの中に姿を消していた。彼はがっかりした。彼女の眼の色に注目する時間がなかったから。

しばらくして、彼はまたホテルの階段を上がった。大気と太陽で、一種の眩暈《めまい》、しつこくて不快な軽い頭痛を起こしていた。ゆっくり歩き、瞼を瞬《しばた》かせた。睫毛の間に残っているようで、目を見えにくくする強烈な光を払い除けることができなかった。パリの空の薄い色に慣れた彼の眼には辛かった。ロビーに入り、そこで最初に目にしたのは、彼に砂をかけた幼女で、その子は白い服を着た紳士の膝の上で、きゃっきゃっと笑いながら飛び跳ねていた。彼を見たイヴはこの男を知っていると思った。エレベータを操作しているボーイに男の名前を尋ねた。

「ジュッサン様です」ボーイが答えた。

〝そうだ、あいつなら知ってるじゃないか〟イヴはそう思った。

この男が浜辺で見た美女の夫であることを瞬時も疑わなかった。だがこんなに簡単で、手っ取り早く便利なやり方で彼女と知り合える偶然を喜ぶ代わりに、男生来の、まるで筋違いな不平を漏らした。

〝やれやれ！　またあっちの人間か……十五日間一人で静かにしてることもできんのか？〟

3
大戦が終って

イヴ・アルトゥルーは祝福された時代、「世紀末」の最中《さなか》、一八九〇年に生まれた。パリにはまだ何もしない男たちがいて、ある者はひたすら邪悪で、堕落を誇り、大半の人間にとって、人生は小川のように細く平穏に流れ、源から、多分続く単調な道のりがほぼ予想される時代だった。

イヴはそんな時代の、いわゆる「クラブの常連」、皆似たり寄ったりの多忙でありながら無為な人生を送った生粋のパリジャンの息子だった。とはいえ、父には二つの情熱があった――女と馬。双方が彼に陶酔と熱狂、危険の感覚を与えた。ニースとトルヴィルを別にすれば決してパリを離れず、大通り、競馬場、もしくはブーローニュの森以外の世界を知らず、眼差しを女たちの眼、欲望をその唇に絞った彼は、馬たちのおかげ、女たちのおかげで、死に際に、永遠の生命を約束する司祭に答えることができた――「それの何がよろしい？　私は休息しか望みませんぞ。何もかも知った身ですから」

父が死んだ時、イヴは十八歳だった。父の柔らかい手、愛情溢れるちょっとからかうような微笑み、いらいらさせるうっすらした臭いを彼はよく覚えていた。父は衣類の襞《ひだ》の中にとっておいたように、愛撫した大勢の女たちの芳香をいつも引きずっていた。イヴは父に似ていた。無為と色恋のためにできた柔らかい手と切れ長のきれいな眼を彼も持ち合わせていた。だが父の眼はとても鋭く、情熱的で生き生きしていたが、息子の眼は時にひどく生気を欠き、深い水底のような憂鬱と不安に満ちていた……

早々に母親を失っていたが、イヴは母のこともよく覚えていた。毎朝家政婦が母の部屋に連れて行ってくれた。髪を結わせる間、彼女は刺繍の入った軽いバスローブを着ていた。彼女が歩くとそれが鳥の羽根音をたてた。小柄できれいな体にぴったりした黒いサテンのコルセット、流行が求める反身《そりみ》のシルエット、赤毛、薔薇色の肌も覚えていた。

彼は豊かで、健康で、大切にされた少年の幸せな幼児期を過ごした。両親は彼を愛し、気づかった。きっと自由で、豊かで、仕事などする必要のない彼の人生があらかじめ分かっていると信じ、早くから美、人生を高尚にする思索の趣味、人生を美しくし、比類なく甘やかにする無数の繊細な優雅と贅沢の数々を彼に与えようと努めた。そしてイヴは美しいものを愛し、金を然るべく使い、いい服装をすることを学びながら成長した。馬を乗りこなし、フェンシングをやることも。それに、父の密かなレッスンのおかげで、女たちをこの世の唯一の富として、快楽を芸術として、つまりは、人生を、美しく軽やかで、優雅なものとして見ることも。賢明な者ならそこから歓びだけを引き出すに違いあるまい。

　十八歳で、イヴは孤児になった。充分に豊かで、学業を終えていた。死別は彼にかなりの孤独を強い、彼は退屈し、漠然と文学の学士号の準備を始めた。それから旅をしようと思い立った。実際その点で、彼は全ての先行世代や父と異なり、世界をオペラ通りやブーローニュの森の〝美徳の小道〟に限定しなかった。父が侮蔑的に笑いながら〝ロマンチック〟と呼んだ異国への熱い興味を持ち合わせていた。そこでイヴはイギリスで何か月も過ごし、果たさなかったが日本への旅行を夢想し、ドイツの古い小さな廃市をいくつか訪れ、シエナで静かで素敵な日々を、スペインで一春全てを過ごした。幼少期の最良の思い出がスペインへの欲望をかき立てていた。両親の古い屋敷がスペイン国境のアンダイエにあり、両親は夏を過ごしに家政婦と一緒に彼をそこに送ったのだ。こうして絶えず所を変えながら、二年あまり過ごし、一九一一年の初めに、パリに戻った。彼は最終的にそこに落ち着き、ヴェルサイユで兵役につく準備をした。二、三年が経った、足早に、穏やかに。今、彼はそれを短くも、陽光、束の間の恋の冒険に溢れた何度かの春として覚えていた。ひどく急いで逃げ去り、ひどく空しく、それでいてとても魅力的に思われた。それから、突然、こんな人生の真っ最中に炸裂したのが、戦争だった。青天の霹靂《へきれき》のように。

　一九一四年――出征、当初の熱狂、死の恐怖。一九一五年――寒さ、飢え、塹壕《ざんごう》のぬかるみ、親しい友となった死、そいつは君の隣を歩き、君の隠れ場所で眠る。一九一六年――なおも寒さ、汚辱、死。一九一七年――疲労、諦め、死……長い、長い悪夢……いくらかの生き延びた者たち、おとなしい市民たちは以前と同じまま戻り、古い部屋履きのような、古い習慣、古い心情を再び見つけた。他の者たち、熱い者たちは反抗、熱気、悩ましい欲望を人間たちの中に持ち帰っていた。それ以外の者たちは、イヴのように、単に疲れて戻った。当初、彼等はそれは過ぎ去る、暗黒の時間の記憶は、生活が再び落ち着き、正常に、穏やかになるにつれ消えるだろう、ある朝、以前通り元気に、陽気に、若々しく目覚めるだろうと思っていた。だが時が流れても〝それ〟は残っていた、効き目の遅い毒のように。〝それ〟――人間の全ての憎しみ、全ての悲惨、全ての恐怖を見た奇妙にぼんやりした目つき。生命の蔑視と最も下劣で最も肉欲的な快楽への熾烈な欲望。怠惰。なぜなら、あそこでの唯一の仕事は、何年もの間、腕組みして死を待つことだったから。他人、全ての他人に対する一種の苦い憎悪。奴ら、奴らは苦しまなかったから、奴らは見なかったから……多くの者が同じか似たような思いを持って戻っていた。多くの者が生き続けていた。腕を差し出し、遺体を包む白衣に悩まされながら歩き、暗い恐怖に目を見開いて生者たちの間を進む甦《よみがえ》ったラザロ*のように。

＊「ヨハネによる福音書」中、イエスが蘇生させたと伝えられるユダヤ人。後に聖人に列せられる。

一九一九年、三度負傷して、軍功章を授かったイヴはようやく最終的にパリに戻った。自分が保有しているものの整理、残った財産の計算を始めた。財産は、彼が成人するまでに、公証人の配慮によって二つに分割されていた。母から相続した分は大金持ちの母の兄の工場に投資されていた。そちらの方はもう無に帰していた。一九一五年に伯父は破産して亡くなった。戦前に多くをドイツとロシアの外国株に変えてあった父の遺産は残った。全て計算すると、イヴは煙草とタクシー代ならゆうに払える国債を所有していた。生きるために働かなければならなかった。それに続く憂鬱な時間を思い返すと、彼は必ず背筋が寒くなった。四年の間一種のヒーローだったこの青年は、日常の努力、定められた仕事、けちくさい生活の圧力を前にすると臆病だった。間違いなく、他の人間のように抜け目なく、成金の娘か金持ちのアメリカ女と結婚することはできただろう。だが彼の育ちが、これまた贅沢だが、他のものより厄介な、潔癖さとデリカシーを彼に与えていた。同時に良心に何かゴシック様式の椅子のように働く信条も。それはとても固く、背もたれが高く、とても美しくて、ひどく坐り心地が悪い。最終的に、イヴは国際的な大通信社の管理部門に職を見つけた――月々二千五百フラン、思いがけない待遇だった。

一九二〇年以降――一九二四年八月になっていたが――イヴは勤め人生活を送った。とても怠惰でとても感じやすい少年が寄宿舎を憎むように彼はそれを憎んだ。思い出、花、愛を込めて配置された美しい物でいっぱいの古いアパルトマンは保持していた。毎朝八時、起きて、急いで服を着て、街路のひどい寒さ、冷え冷えとしたむき出しのオフィスに向かってこの暗がり、ぬくもりを離れなければならない時、イヴは同じ絶望、同じ憎々しく空しい反撥の高まり、同じ恐ろしく、どす黒く、圧倒的な倦怠を感じた。オフィスでは指示を与えたり受けたり、書いたり、話したりで一日が過ぎるだろう。彼は野心的でも積極的でもなかった。ほとんど生徒が授業の準備をするように、やらねばならないことを注意深く果たした。仕事に励み、競争し、金持ちになろうとする考えそのものがなかった。金持ちの有閑人種の息子であり孫である彼は、人が飢えや寒さに苦しむように、安穏で気ままでいられないことに苦しんだ。少しづつ、彼は自分の生活に慣れた。人はどうにかこうにか、何にでも慣れる。だが忍従は重く、暗かった。日々は同じように続いた。夜とともに、極度の倦怠感、頭痛、苦く病的な孤独への欲求がやって来た。レストランでそそくさと夕食を摂った。あるいはよく暖炉の片隅で。飾り棚の羊に似た縮れ毛のスピッツ、ピエロが足元にいた。早めに床に就いた。キャバレーやダンスホールは高かったし、翌朝早く起きなければならなかったから。女はいた。せいぜい二三か月の付き合いで、直ぐに繋がり、直ぐに壊れた——彼女たちは皆たちまち彼を退屈させた。しょっちゅう女を変えた。なにしろ何かしら価値があるのは最初の抱擁だけ、と思っていたから。彼は〝女たちはほっておく〟という本質的にモダンな術を見事に実践した——穏便に彼女たちを厄介払いすることができた。時折、一人と別れると、ひと仕事片づけてほっとした感じで、父を思い出した。父は女たちの眼、胸、束の間の痙攣の中に人生の意味を見つけたと思っていた。女……イヴにとってそれはきれいで、都合のよい相手以上の何者でもなかった――先ず、女は戦争以来やたらにいた、えらく簡単だった……そして、本当なら……いや、いや、優しい偽りの眼差しに目を凝らしても無駄だった。父が捕まえたと信じ、彼自身もおそらくは、ひそかに求めていたあの魂の奥の震え、あの未知のほのかな光はそこには見つからなかった。そして彼は思った。死んで行く者たちの眼の奥を深々とのぞきこんだ者、傷ついて倒れた者、死ぬ前に一目空を見ようとして絶望的に瞼を大きく見開いた者、そうした者にとって、女は秘密も謎もなく、愛嬌があり、きれいで、若々しい存在としての魅力しかない、と。愛……それは平和で、静かで、限りなく穏やかな感動であるはずだ……愛、それは安息であるはずだ……もしそれが存在するなら……

4

再会

毎夏、イヴは何週間か休暇を取った。冬はとても切り詰めて生活していたので、このヴァカンスは好きな場所で好きなように過ごすことにしていた。この年は、子ども時代を過ごした魅惑的な浜辺をまた見たいという願望に衝き動かされて、アンダイエに戻って来た。それにアンダイエは国際的なお祭り騒ぎの最も魅力ある二大中心地、ビアリッツとサンセバスチャンの近郊とは言え、他の場所より誘惑が少ないと思ったから。その上、彼はバスク地方の自由奔放な荒波と眩い光が同じように大好きだった。結局大きなホテルでの無為で寛いだ生活に、彼は改めて、鉄道の長旅の後でお湯をいっぱいに張った浴槽の中に身を浸しながら感じるのと同じ心地良さを見出した。

到着した朝、念入りに身づくろいして遅くなり、二時頃に部屋から出たイヴは大きなダイニングルームでほとんど一人で午餐を終えた。黒い布のブラインドが大きなガラス窓を覆っていても、陽光が射しこみ、驚くほど豊かな髪のように、広がって、鹿毛《かげ》色に輝いた。イヴは通り過ぎる金の光線に指でそっと触れたい子どもじみた欲望に抵抗しようとした。光線はナプキンと食器の上で踊り、年代物のブルゴーニュワインのグラスの底でルビーや血のように輝いた。彼の周囲ではスペイン人の何家族かが、喉をからしてしゃべりながら食事を終えた。女たちはいかにもずっしりして色褪せていたが、若者たちはとても美しかった。だがほぼ全員がビロードのように輝く素晴らしい眼をしていた。それを見ながら、イヴはスペインが近いことを思い出し、十月にそこへ行き、ピンク色の屋敷、泉水が噴き出すパティオをまた見ることを夢想した。だがその時、とりとめのない彼の思いを真っ二つに断ち切って、休暇が終る日を告げるけたたましい警告が記憶に浮かび上がった。キリスト紀元一九二四年八月にペセタ*が達した数字を告げるように。彼は賢明に、そして悲しく、ピレネーの方に彷徨《さまよ》わせていた眼差しを、皮を剥いている大きく瑞々しい洋梨の方に戻した。それを食べ終わり、テラスに出た。

＊　スペインの通貨。

小さな柳の丸テーブルを囲んで坐ったいくつかのグループがコーヒーを飲み、パリとマドリッドの新聞をめくっていた。演台の片隅では楽師たちがのんびり楽器を調律していた。早くも、庭園では疲れ知らずの若者たちがテニスをやっていた。海風がズックの大きな日除けを膨らませ、帆のような音を立てた。イヴは海を眺めるために手摺に近づき、飽くことなく眺めた。

誰かが自分の名前を呼ぶのが聞えた。

「元気か？　アルトゥルー。ずっとこっちにいるのか？」

振り返ってジュッサンだと分かった。彼の隣でさっき見かけた若妻が、ロッキングチェアの中で体を揺すっていた。全身白の装いで、帽子を被らず、裸足で、きれいな足にリボンを結んだサンダルを履いていた。傍らの幼い娘はテラスの生暖かい敷石の上で飛び跳ねていた。

ジュッサンが尋ねた。

「君は家内を知らなかったか？……ドゥニーズ、アルトゥルー君を紹介しよう」

イヴは頭を下げた。それから最初に自分に向けられた質問に答えて言った。

「昨日の晩着いたばかりさ。ご覧の通り」彼は微笑み、パリジャンの白い手を前に差し出しながら付け加えた。

若妻が笑った。

「本当ね！　私たちはこっちの黒ん坊みたいに真っ黒だけど……」

それから、しげしげとイヴを見ながら付け加えた。

「違うかしら……さっき浜辺で娘が砂をかけたのはあなたでしょ？　直ぐにお詫びしなきゃいけなかったのに。でもあなたが寝てらっしゃると思っているふりをしちゃって……こんなにお行儀の悪い娘を持って恥ずかしかったんです」彼女は丸々とした顔で楽しそうに二人を見上げるおてんば娘を側に引き寄せながら言い終えた。

イヴは太い声を出した。

「君かな、マドモアゼル、君になんにもしてない貧しくて大人しい青年たちをそんなふうに苦しめるのは？」

少女は母親の膝の間に顔を隠しながら笑い弾けた。

「ご機嫌がよろしいようですね」イヴは言った。

「この子は手に負えませんわ」母はそう言ったが、目は大いに誇らしげだった。

彼女はスカートの中にもぐりこんだ小さな丸い顎を指で持ち上げて言った。

「とにかく、私たちを許してくださらなくちゃ。凄くいたずらで、凄く意地悪でもね。私たちまだとっても幼いんですもの、ね？　マドモアゼル　フランセット。まだ二歳半にもなってないのよね」

「勿論だめですよ。私は彼女を許しませんぞ」イヴは言った。

彼は小さな可愛い淑女を腕の中に捕まえ、空中に放り上げ始めた。彼女は裸の足を思い切りばたつかせ、キャッキャッと笑った。イヴが地面に降ろすふりをすると、彼女はせがんだ。

「もっと、もっと、さあ、ムッシュ」この褐色のお荷物と遊ぶのが嬉しくなったイヴはもっと勢いよくやり始めた。乳母が浜辺に連れて行くためにフランセット嬢を探しに来て、別れなければならなかった時は、二人とも悲嘆にくれた。

「君は子どもが好きなのか？」少女が名残惜し気に遠ざかった時、ジュッサンが尋ねた。

「大好きさ。とりわけ君の娘さんみたいにきれいで元気で、いつも笑ってたらな」

「いつもじゃありませんわ」ドゥニーズがちょっと笑いながら言った。「特にここでは……海に酔っちゃうんですね、あの子……笑ってるかと思うと簡単に泣いちゃって、あっと言う間なんで参ってしまいます」

「彼女のお名前は？」

「フランセット、フランス、停戦記念日に生まれたからですわ」

ジュッサンが言った。

「君が子ども好きとは面白い……僕は、自分の娘には夢中さ、本当に。その代わり、人の子どもはご免だな……うるさくってうんざりするよ……」

「あら、それじゃあなたの子は？」ドゥニーズが抗議した。

「あの子一人で学校の皆よりうるさいじゃない！」

「先ず、君は大げさだ……それに、君が言う通り、僕の娘だ、そして何より君の娘だぜ」

彼は妻の手に軽く口づけしながら話を結んだ。

イヴは彼を見て、ドゥニーズに話す時その顔が愛情に輝くのが分かった。ジュッサンは若者が自分たちに投げる鋭い一瞥に気づいた。こんな愛情表現が悪趣味と思われないか心配になり、戸惑いがちに言った。

「僕が馬鹿に見えるだろうが……こんなに愛情が溢れちまうのは、僕がもうじき出発するからなんだ……」

「ああ、君は発つのか?」

「そう、ロンドンに……数週間な……今晩発つよ」

そして自分と自分の家族のことばかりしゃべり過ぎると自責の念に駆られて尋ねた。

「で、アルトゥルー、君はあれ以来どうした?」

イヴは曖昧な仕草をした。

ジュッサンは妻のために続けた。

「アルトゥルー君と僕はサン・アンジュ病院でベッドが隣だったんだ。名前を忘れたがベルギーの恐ろしく陰気な小さな村で……」

「ワッサン……それともリューワッサンか?……」

「リューワッサン……そうだ……彼はひどくやられた、気の毒に……」

「左の肺を撃ち抜かれた」イヴが言った。「でも治ったよ」

「そりゃよかった、そりゃよかった……僕はまだ足が痛む、馬に乗れんな……」

ドゥニーズが尋ねた。

「でもあなたたち、それ以来また会ったことは?」

「そうですね、アゲの家で時々。バッサノ街でも、なあ? ルイ・ド・ブレモンの家だったか? だが君が結婚したとは知らなかったぞ、ジュッサン……」

「まだ結婚してなかったからな……婚約してただけで……結婚してからは、僕らはあんまり外出しない……仕事で沢山旅には出るがね……」

「知ってる……君の発明の話は聞いたぞ」イヴは言った。

工場の煙突の煙を採取して再利用する仕事で、それは戦争の間、一介のエンジニアだったジュッサンに評判と莫大な資産をもたらしていた。

ジュッサンは少し顔を赤らめた。彼はちょっと素朴で、荒削りだが、青くて優しいとてもきれいな眼のせいで見映えがする、感じのいい顔をしていた。

給仕長がコーヒーを運び、ドゥニーズがそれを注いだ。裸の腕のうぶ毛が陽光に輝いた。彼女は小さな立像の真摯な微笑を持っていた。それから襟首の後ろで手を組み、目を閉じて、ロッキングチェアをそっと揺すり始めた。その間、男たちは小声で、戦争、あちらに残った者たち、帰って来た者たちの話を続けた。しばらくして、彼女が二人を遮《さえぎ》った。

「ご免なさい……何時になるかしら？」

「四時ですよ、もうじき、マダム」

「まあ、じゃ急いで着替えに行かなきゃ。やっぱりビアリッツにあなたのトランクを買いに行くでしょ？　ジャック」

「そうだな」

「さて」イヴも立ち上がって言った。「僕はもう一泳ぎしに行こう」

「お疲れにならない?」

「全然、僕は水の中で生きられるんです!」

ジュッサンがコーヒーを飲み終えるためにテラスに残っている間に、二人は一緒に立ち去った。イヴは自分の前を白い服を着た若い女性が歩くのを見た。眩い光の中で、黒髪は東洋の煙草の煙の輪のように、ふんわりして青味がかっていた。階段の下で彼女は微笑みながら彼の方に振り返った。

「さよなら、ムッシュ……また近いうちに、多分ね……」

彼女は彼の手を握った。彼女のきれいな眼差しは正直で真っ直ぐだった。彼は既にそれに気づき、好感を持っていた。それから彼女は彼から離れ、ホテルの回転扉の中に吸い込まれた。一方イヴはゆっくり浜辺の方に向かった。

5 海辺の日々

翌日の昼寝時、彼は熱い砂の上で彼女と再会した。ジュッサンは昨日の言葉通り、ロンドンに発っていた。イヴは幼いフランスに近寄って湿った金髪を撫で、ママに彼女の夫やちょっと探せば直ぐに見つかる共通の友人のことを話した。

その後、レストランで彼女を再び見かけ、お互いテーブルが隣り合せなことが分かった。ロビーで、もう一度、新聞を読んでいる彼女を見かけた。こんなふうに……それ以来、毎日、どんな時間でも、彼は彼女と会った。何も驚くことはなかった。アンダイエはごく狭い場所で、二人ともアンダイエを離れなかったから。ドゥニーズは娘と離れるのを好まなかった。本当の母親の気づかわしい心と不安な想像力を持っていた。イヴはある種の幸せな夢のように、奇妙に素早く流れる単調で魅力的な生活にまどろんでいた……輝かしい朝、安逸と太陽に満ちた長い昼間、短い黄昏、そしてアンダルシアの全ての香りを海の方に追い立てるスペインの夜……

イヴにはドゥニーズの存在がギリシャ神話の大洋の神の存在と同じくらい自然に、そして異様に大切に思われた。女らしいシルエットはタマリクスが揺れる中を、太陽と木陰から生まれた優美な影のように滑りぬけた。彼女はもうイヴを驚かさなかった。波の輝き、騒めきの激しい色彩、荒々しい音楽が寝ても醒めても満ち溢れているのに、慣れてしまってもう感じないのと同じだった。ドゥニーズの美しさに彼は冷静でいられた。朝、非常に若く、非常に美しい彼女が衣服を脱ぎ捨て、水着姿で、平然と恥じらいもなく、軽やかに浜辺を走っている間も、イヴは欲望に惑わされなかった。恋の始まりに男を執拗に悩ませる苛立ち、身を焦がす興味を感じなかった。彼女は美しかった。彼女は何より純真で健康だった。その純真、健康がほとんど気づかぬままイヴを魅了した。彼女が貞淑なのか、一人か何人かの恋人がいるのか、彼は思ってもみなかった。彼女の服を脱がせる様子を目に浮かべなかった。それでどうする？　彼女に秘密はなかった、だから、神秘もなかった。彼女がそこにいる時、彼は彼女のことを思わなかった。だが、彼女はいつでも、そこにいなかったか？　朝、彼女を見かけると、彼は満足した。彼女は彼にとって、この幸せなヴァカンスのシンボル、目に見える徴《しるし》ではなかったか？　中学生だった彼は、アンダイエで、毎晩、黒いスカーフを頭に掛けた二人の女が突堤を通るのを見た、スペイン女たちだった……彼女たちは、その頃彼が分からなかった耳障りな、しゃがれた言葉をしゃべっていた。夜の暗がりの中で、二人の顔は見えなかった。だが灯台の光線が当たると、スポットライトのようなあまりにも強い光に照らされて、彼女たちが不意に浮かび上がった。それからスカートを揺すりながら遠ざかった。

決して、イヴは彼女たちと一言も交わさなかった。後からホテルのメイドたちだと思った。彼女たちはきれいでさえなかった。十五歳らしくなんとなく恋心を感じても、彼は確かに最初の恋人だった守衛の娘、更衣室の裏で唇にキスしたアメリカ娘にもっと夢中だった。そうするうちに、彼は彼女たちを忘れた。ところが、思春期のこの季節を思い出すと、すぐさま、記憶の中に、知らない言葉をしゃべり、スカートを揺すり、頭に黒いスカーフを掛けた異国の二人の女が現れた……同じように、この先、もしドゥニーズとパリの通りで再会したら、ビダソア川に沿って弓状になった、夏の日の鹿毛色の輝きの中にある黄金の熱い浜辺を驚くほど正確に思い出すだろう、と彼は思った。音楽にはそんなふうに過ぎ去った日々を蘇らせる力がある。なるべくならとてもシンプルな音楽、それにある女たちの顔もそうだな、とイヴは思った。

6 不在

ある日、浜辺に、ドゥニーズが姿を見せなかった。イヴは初めは全く気づかなかった。いつも通り、海に入り、長い間泳いだ。波間に輝くスパンコールが踊り、眩しかった。砂の上のいつもの場所に身を横たえた。ドゥニーズのテントのすぐ側だったが、若妻はそこにいなかった。水着を着た幼いフランセットが砂山を作っては、直ぐ荒々しい破壊的エネルギーでスコップを打ち込んで壊した。乳母は読書をしていた。

イヴは夢を見ている犬のように、太い不安なため息を洩らし、寝返りを打った。神経が高ぶったが、何故だか分からなかった。息苦しく、心臓がどきどき鼓動した。〝水の中に長い過ぎたか〟彼は思った。片方の肘を着いて身を起こし、幼いフランスに手を振って呼びかけた。少女は彼だと分かって、にっこり笑い、立ち上がって少しだけ近づいた。それから人をからかってみたい子どもの不可解な本能で、背を背け、逃げ出した。彼はもう一度横になった。唇を噛むほど苛立っていた。それでも、気分の悪さを、まだ頑《かたく》なに身体、生理のせいにしようとした。暑かった。太陽が鉛のマントのように肩にのしかかった。時折熱風で砂が舞い上がり、裸の肌を耐え難くくすぐりながら、足をかすめた。ジュッサン夫人はどこだ、と明瞭に自問はしなかった。だが口に出さぬこの問いに、彼は曖昧に、空々しく答えた。〝彼女は来るさ……遅くなってるだけだ……もしかして、具合が悪いのか……自分は泳がなくても、娘を泳がせに降りてくるさ……まだそんなに遅くない〟じっとしていられず、本当にひどくはないが、何故だか分からぬまま、イギリス人が正に〝uncomfortable（気分がよくない）〟と呼ぶものを感じているベッドの病人さながら、熱砂の上でまた寝返りを打った。そうするうちに太陽が頭上に昇った。浜辺には人気《ひとけ》がなくなっていた。波打ち際でボール遊びをする半裸の少年たちしか残っていなかった。最後に彼等も立ち去った。監視人が、補助員たちと一緒に、食事時にはいつも片づける救命ボートを引きずりながら通った。褐色の、濡れた、筋肉質の腕を太いロープのようにぴんと張って、ゆっくり遠ざかった。真昼の太陽の下、人影のない平らな浜辺は宏大に、眩しく広がっていた。イヴはその場にじっと動かぬままでいた。頭が重く、喉が締めつけられた。突然彼は思わず飛び上がり、自分を罵《ののし》った。具合が悪くて、彼女は今朝浜辺に来なかった。でも、食事をしに降りて来るじゃないか！　まさかこんな天気のいい日にベッドを離れないほどの病気じゃあるまい。彼は判断を下した。ただひどく遅くなったに違いない。服を着て、髭を剃る時間には、もう彼女は見つかるまい。バスローブを肩に引っかけ、彼は駆け足でホテルに急いだ。

二十分後、彼はロビーにいた。だがドゥニーズはそこにいなかった。彼女のテーブルには食器がセットされていたが、手つかずのままだった。ラムチョップは焦げ、エンドウは調理がまずく、コーヒーは飲めたものではなく、ギャルソンたちのサービスも悪いと思った。彼は給仕長をきつく叱責し、ソムリエを呼ばせて、パリのどんな安食堂でも赤のハウスワインはこの一八九八年のコルトンよりましだと言った。勿体ぶった男は指摘を受けてほとんど泣かんばかりだった。

皿に置いた桃には手をつけず、ナプキンを投げ捨てると、イヴはテラスに出た。フランセット嬢が空のように青い短い紗のドレスを着て、ドゥニーズのロッキングチェアを真剣に揺すっていた。若者が来るのを見ると、彼女は飛び上がって彼の首にぶら下がった。

「私に〝奥方が馬に乗りゃ〟を歌って。ね、ルールーさん！」

彼女はまだ母親のように〝アルトゥルーさん〟と言えなかった。それで自分流に友だちの名を作り変えていた。イヴはイギリスのわらべ歌のルフランを口ずさみながら、自分の膝の上で少女をジャンプさせた。それから彼は尋ねた。くぐもった声が自分でも奇妙に聞こえた。

「なあ、フランション、君のママは病気じゃないのか？」

「いいえ」彼女はそう言って、志那人形のように、右から左に、左から右に頭を振った。

「違うわ」

「どこにいるの？」

「出かけたわ」

「長い間？」

「さあ、知らない、私！」

「いや、君は知ってるだろ、さあ、思い出して」イヴは優しくほのめかした。「君のママは君の前でそれを言った、賭けたっていいぞ……今朝、出かける前に君にキスして言わなかった？　〝さよなら、いい子にしててね、一日か……二日で戻るから……〟そう言わなかった？」

「いいえ」フランセットは言った。「なんにも言わなかったわ」

彼女はちょっと考えてから言い足した。

「分かるでしょ、私、まだねんねしてたの、今朝出かける前に、ママが私にキスした時」

とお嬢さんは言った。

イヴは乳母に尋ねてみたい誘惑に駆られた。だが勇気がなかった。疑いを呼び覚ますのが怖かった、ああ、まるっきりいわれもないが！　彼は床に少女を下ろして立ち去った。

出かけた、だがどこに？　いつまでだ？　どうにも分からなかった――この不在が長いわけがないことは確信していた。フランセットがアンダイエにいたから。もしかしてドゥニーズはビアリッツに買い物に行ったのか？　それで誰と食事するんだ？　友人か？　どんな友人だ？　初めて、苛立った彼の心はドゥニーズを取り巻く、誰にでもある未知の領域を巡って彷徨《さまよ》い始めた。だがこの時までその謎が彼を苦しめたことはなかった。もしかして親密な食事か？　彼は知っているビアリッツのレストランを次々に思い浮かべた。超高級ホテルから近郊の宿屋、田舎の隠れ宿まで。盲目的な怒りが彼を捕えた。意志の力を振り絞って自分をなだめ、恥じ、呆然とし、身を震わせた。それから浜辺を行きあたりばったりに歩き始めた。もしかして友人たちが小旅行にでも連れて行ったのか？　ああ全く無害な友人たちか、もしかして親戚か……昨日彼女はそんな話はしていなかった、もっとも、普段から、二人はほんの僅かな言葉しか交わさなかった……そうだ、きっとそれだ……小旅行、長くなる時だってある、二日、三日……もし一週間、アンダイエから離れてスペインかロンドンに行ったんなら……俺から離れて……八日、八つの朝、八つの長い夜……何でもなさそうだが、恐ろしい……もしかして夫が急にロンドンに呼び寄せたのか？……事故か、病気か、誰が知る？彼女は戻らないかも知れん……乳母がフランセットをイギリスに連れて行って……ドゥニーズの死を知らされたように、彼はうろたえ、砂地に身を投げた。太陽がきつく照りつけた。海水で湿った深い所まで届かせようと手を砂の中に埋めた。急に冷たくなってぎょっとした。彼は起き上がった。

突如彼は激高し、猛然と、自分を罵り始めた――〝彼女は出かけた……で、それが？……俺は彼女を愛してなんかいない、違うか？　愛してないな？　だったら何だ？……どうでもいいじゃないか……俺は馬鹿だ、完全に馬鹿だ……〟

彼は激しくそう思ったが、震える唇は機械的に初めの言葉を繰り返した――〝彼女は出かけた……そうだ……彼女は出かけた……〟

彼は戻って床に就いた。少年時代、悲しい思いをした時のように、長い間壁に顔を向けてじっとしていた。

五時に、外に出て、テラス中をあちこち見て回り、何度も庭園を大股で歩き、それから遂に根が尽きて、カジノに行った。彼女はめったにそこに行かなかったが。水中に立てた柱の上に設《しつら》えた壇上で、帽子を被らぬ若い男女が踊っていた。柱の周囲の絶え間ない海水の動き、風ではたはた鳴る天幕、キーキーきしる音、潮の匂い、全てが港に係留された船をしきりに連想させた。イヴはそこが気に入ったと思い、カクテルを注文したが、半分残して立ち去った。

七時の太陽の下で海の色は薄くなり、薔薇色のとても小さな雲が空中で微妙に縮れていた。イヴは海の音に耳を傾けた。海はいつでも彼を慰めた。今夜もまた彼は疲れた哀れな体を海に委ねた。

服を脱ぎ、ゆっくりとビダソア川の方に向かった。数メートルに渡って注意深く手入れされた堤防は、もっと低地になると、すっかり軽い砂に埋め尽くされていた。もう手摺もなかった。棘立った風変わりな茂みが岩間にしがみついていた。そして不意に堤防が途切れた。イヴは浜辺まで歩き続けた。浜辺は狭く、水に侵食されて弓の形をしていた。左手に入り江、右手に海、もう煌めくこともないほど静かで、蒼白い空を辛うじて反射したように薄い色をしたビダソア川が二つを繋いでいた。対岸は、スペイン。

イヴはあぐらをかいて坐り、握った拳に顎を乗せた。孤独は絶対的だった。不思議なことに……波の轟《とどろき》は素晴らしい夜の静寂を妨げなかった。岸から岸へ、フランスからスペインへ、音もなく、一艘の小舟が川面を滑り渡った。日中より細く、より貴重な金の光が山々の頂に広がっていた。だが谷間はもう、暗闇に満ちていた。イヴの怒りは突然おさまり、言いようのない悲しみが彼の胸に広がった。

あっという間に夜になった。夜と孤独の中で、海は再び遠ざかり、原始の荘厳に満たされた。イヴは宏大な古い大地の真ん中で、ひどくちっぽけで、見捨てられた自分を感じた。自分を、自分の損《そこ》なわれた人生を思った。彼は惨めだった、一人だった、貧しかった。これからの日々、彼に歓びはあるまい。誰も彼を必要としていなかった。人生は辛かった、ひどく辛かった……泣きたかった。男の慎みで、懸命に努力して涙をこらえた。だが涙は胸を締めつけ、喉までこみ上げ、息を詰まらせた。

かすかな青と薔薇色に染まった優美な黄昏があたり一帯を包み、暗くなっていった。鐘が鳴った。対岸のオンダリビア*に明かりが灯った。家々の窓、明るい路面電車、街路の輪郭が見えた。ただ古い教会の角ばった大きな塔だけが暗く、厳《いか》めしかった。鐘が疲れたように、落胆したように、悲しく、ゆっくり鳴った。山中では、一つ一つ、星のように農場に明かりが灯った。夜がそこにあった。

＊　スペイン、バスク州の街。ビダソア川河口の湾を挟んでフランス領アンダイエと向かい合う。

イヴの周辺では神秘的な生命が目覚めていた。活気づいた者たちがささやき、ざわめき、うごめく音。砂の中に住み、夜にならないとその音が聞こえず、目に見えない昆虫たち。イヴは言いようのない恐れに全身を震わせながら聞いた。そして、いきなり、あまりにも重い苦しみに涙がこみ上げた。頭を手に抱え、彼は泣いた――実に久しぶりに――自分を思って、子どものように泣いた。

「あなたなの？」知っている声がちょっとためらいがちに言った。「風邪をひくわよ、もうこんなに遅いし……」

イヴは顔を上げ、目を大きく見開いた。ドゥニーズがそこにいた。夜の中に彼女のドレスが白く浮かんでいた。彼女は軽快に続けた。

「あなたを叱らなくちゃ……私の娘ほどの分別もないのね……こんな時間に泳ぐ人がいる？」

「そんなに遅くなった？」イヴが口ごもりながら言った。

彼は無意識に立ち上がっていた。

「九時過ぎよ」

「ああ！　ほんとに……僕は……僕は分かんなくて……いや、ほんとに忘れてた……」

「まあ」彼女は心配そうに言った。「どうしたの？　あなた」

彼女は彼の顔を見ようとした。だが暗闇が深過ぎた。でも嗚咽《おえつ》をこらえて途切れる、涙に濡れたこの声は……慰めること、宥《なだ》めることをよく知っている母の優しい手が本能的に彼の方に差し延べられた。彼は全身を震わせながら、彼女の前に立ち尽くし、顔を伏せ、恥ずかし気もなく静かに泣いた。涙と一緒に、とても古い傷の毒も血も流れ去るような気がした。奇妙な悦楽を感じながら、忘れていた塩と水の味を唇で味わった。

彼女は喉を詰まらせ、もう一度呟いた。

「どうしたの？　一体どうしたの？」

「何でもない」彼は言った。「何でもないんだ」

突然、もしかしたら、一人で慎ましく悲しんでいる人の邪魔をしてしまった、と彼女は思い、急いで立ち去ろうとした。彼は即座に彼女に近づいた。彼女は裸の腕にイヴの熱い手を感じた。

「行かないで、行かないで」自分の言っていることがよく分からず、彼は口ごもった。「お願いだ……」

それからいきなり、一種の怒りを込めて叫んだ。

「君は一体一日中どこにいたんだ？」

あっけにとられた彼女は素直に答えるしかなかった。

「ビアリッツよ」

それから不思議な直観で彼の苦しみを見抜き、言い添えた。

「ママがあちらに住んでいるの……」

二人の間をちょっと沈黙がかすめた。覚束ない星の光で、彼女は彼の悩まし気な顔、意地悪そうでいて優しい唇、懇願に満ちた目を見ることができた。

彼女はいきなり彼の首に両腕を回した。二人はキスしなかった。きつく抱きしめ合ったままだった。動転し、どきどきする胸は快い悲しみに満たされた。

無意識の、お決まりの仕草で、彼は彼女が差し出した肩に顔を埋め、彼女は静かに、だが不意に泣きたくなって、彼の額をさすった。

二人の周囲で、海は奔放に、荒々しく波打っていた。風がスペインからかすかな音楽を運んできた。夜の錯雑として神秘的な生命に活気づき、古い大地が揺れた。

心ならずも、二人はゆっくり腕を解《ほど》いた。彼は半裸で、彼女の正面にいた。空から降る薄明りに慣れた彼女の目は、辛うじて水着を身に着けただけの男の大きな体をなんとか見分けた。こんな彼の姿を百回以上見ていた。だがこの晩初めて、エヴァ*のように、彼女は彼が裸でいることに気づいた。すると、彼女は乙女のように、恥ずかしく、怖くなった。そっと彼を押しのけ、砂丘を昇り、宵闇の中に姿を消した。

＊ Eve 旧約聖書「創世記」に記されている人類の始祖、アダムの妻。イヴとも言われるが、本作の主人公は Yves.。

彼はこのまま服も着ずにホテルに戻る気にならなかった。子どもの頃何度も浜辺で寝たことを思い出した。バスローブに身をくるみ、砂の起伏《きふく》に身を隠し、眠った。浅く熱っぽい眠りは潮騒と海の匂いに満ちた夢で断ち切られた。

7　人生の夏

その晩、いつも通り、ドゥニーズはフランセットの眠っている小さなベッドの側に来て腰を下ろした。フランセットは口の中に指を一本入れて、砂売りおじさんの国を旅していた。*

静かな暗がりの中で、小さな首に首飾りのような深いピンクの襞《ひだ》ができていた。まるでぬくぬくした羽根の中で身をすくめた、ひ弱な暖かい雛鳥だった。

＊　ぐっすり寝ている、の意。「砂売りおじさん」が目の中に砂を垂らしこむと眠くなる、というヨーロッパの言い伝えに由来する表現。

ドゥニーズは娘をもっとよく見ようと身を屈めた。彼女はいつもこれとそっくりの小さなベッドで自分自身が眠った頃を、奇妙なほどはっきりと思い出した。だが初めて、彼女は歩んできた道の長さに驚嘆した。それは、その単調さ、安易な穏やかさのせいでとても短く思えていた。ところが、彼女に始まっていたのは、もう人生の夏だった……彼女は頭を枕に乗せた。自分の短い巻き毛がフランセットの乱れた髪に入り混じった。目を閉じて記憶をたどり始めた。晴れやかな日々、幸せな休暇でいっぱいの子ども時代、何故かしら、歳月とともにその思い出が歓びより大切になる子どもらしい小さな悲しみ……大戦の暗い影で曇り、また貴《とうと》くもなった青春……婚約……結婚、好ましく理にかなった本当のフランスの結婚、出産——美しく、幸福な人生、確かにとてもよく整って……だがこの晩、彼女は満たされず、失望し、哀れな心はざわめいていた……

彼女は起き上がり、窓辺に行き、花を植えた狭い木製のバルコニーに出た。花はピリッとして新鮮ないい匂いがした。夏の夜は静かに輝いていた……あの海が侵食する誰もいない狭い浜辺、あそこでイヴは私を待ち、呼んでいた……あの束の間の甘美な時間は、彼女が今、本当に経験したのかと思うほど、夢に似ていた。現実離れした奇妙な印象が彼女に残っていた。そしてそれが、少しづつ変わった……彼女が夜の暗がりと匂いの中に留まるにつれ、現在の時間は逆にぼやけ、夢のように曖昧になった。一方記憶は広がり、強まり、波のように彼女の心と体にこみあげた。彼女の手は無意識のうちに、抱きしめた体、愛撫した顔の輪郭をなぞろうとするように差し出された。それは盲目の芸術家の手のように、手探りで、だがしっかりと、虚空の中で彫刻をしているようだった。

そして不意に、全身を震わせた。指にあのふっくらとして繊細な唇の形を感じたと思った。歯を噛みしめた。感じたのはほとんど恐れだった。それはとても苦しく、同時にとても心地よく、彼女は通行人をその名前で呼ぶように、はっきりと声に出して呟いた——恋？

その後、フランセットの隣の部屋で、夫の寝ていたベッドに就き、横になった大きな体の慣れ親しんだ形をシーツの下で無意識に探った時、その時やっと、彼女は彼を、信頼する優しい伴侶を思い出した。涙が瞼にこみ上げるほど彼が気の毒になった。彼がとても好きだった。一緒にいる時、彼女は退屈し、ややもすれば他のことを考えた。だが彼の生活を快適にし、彼の愛に沢山の優しさ、繊細な理解で報いようと心をくだいていた。結局、彼女は彼を裏切っていた。言い訳は考えなかった。自分が彼を欺《あざむ》いてしまったことがよく分かっていた。恋……むしろ、束の間のアヴァンチュールか、彼女はそれに心を委ねるかも知れない。だが相手は虚栄か欲望を満たすことにしか興味がないかも知れない。夏の恋物語の安っぽいポエジーなど欲しくなかった。彼女はよく分かっていた……全ての他の男たち同様、彼もその日は自分に言い寄り、夜は扉を叩きに来る、そんなふうに三週間かそれよりちょっと長く、あるいはちょっと短く続き、それから他人同士として別れる。そんなのはご免だった。翌日会う時のイヴの重苦しい眼差しを前もって想像した。一度ならず、自分を気に入った男たちにそれを見たことがあり、分かっていた。これまでは、ただ笑ってやるだけだった……だが今は……彼女は泣き出した。心は広大無辺な、優しい哀れみに溢れていた。自分自身を哀れみ、異国で一人で病《やまい》に伏せっているかもしれない夫を哀れみ、だが何よりイヴを、叶わぬ恋が彼にもたらすかも知れない苦しみを哀れんだ。

翌日彼と再会したら、冷静に距離を置くつもりだった。だが午前の間ずっと、彼は砂の上でフランセットと遊んでいた。彼女に話す時、ほとんど目を上げなかった。彼女自身より困惑しているように見えた。それが彼女を無抵抗にした。夕方、食事前に彼が散歩しようと申し出た時、彼女は彼に着いて行った。胸がどきどきしたが、彼が口にしそうな愛の言葉をはねつける用意はできていた。ところが、彼は何も言わなかった。荒れ模様の乱れ雲の中で、太陽が海に沈んだ。満潮の時刻だった。波が堤防に襲いかかり、白や灰色に砕け散り、海鳥が悲痛な鳴き声を上げて旋回した。彼はそれまで通り、あたりさわりのない話をした。二人は手摺に腰かけた。あっと言う間に夜になった。大きな雨粒が落ち始めた。彼女がホテルの方に走るのに手を貸そうとして彼は彼女の腕を掴んだ。一瞬彼女は彼が震えていると思った。だが彼は直ぐに落ち着いた。雨は奔流になって流れ落ちた。きつい風が吹き始め、タマリクスの木を捻じ曲げ、花をむしり取った。イヴは自分の上着をドゥニーズの肩に掛けた。二人は驟雨の下を狂ったように走った。彼は彼女を抱き寄せた。彼女は彼の指がきつく自分の胴回りを締めつけるのを感じた。だが彼は頑なに押し黙り、歯を噛みしめ、彼女に目をやらなかった。一方彼女は従順でおどおどした眼差しを、こっそり、彼に注いだ。

8　イヴの幸せ

日々が流れた。そして彼は彼女に何も言わなかった。キスしようとしなかった。彼女の震える冷たい手を、必要以上に長い間、自分の手の中に握っていることすらなかった。彼はあまりにも幸せだった。一種迷信的な不安から、言葉を呪文のように恐れた。人生のこの瞬間を砂糖菓子のように賞味していた。それは運命が彼にくれた思いがけない素晴らしい贈り物だった——安息、余暇、海、この魅力的な女性。彼女の存在だけが、今この時、彼には必要不可欠だった。長い禁欲は彼の負担になるどころか、改めて見つけた幼年時代のように大切だった。彼女への欲望は、持続させるのが楽しい快い苦しみを彼に引き起こした。まるで真夏に喉が渇いている時、冷たい水滴で曇った氷水のコップを持って、飲まずに、長い間唇に寄せて楽しむように。自分の心の高ぶりの値打ちを見極めるのに充分なだけ、彼は生き、感じてきた。珍しい花のように、エゴイスティックに、用心深く、彼はそれを育てた。不思議なことに、彼は彼女といると絶対的な安心を感じた……朝、浜辺でも、夜、デコルテのドレス、ダイアモンドのネックレスの装いで彼女がホテルのロビーに姿を現しても、男たちの視線に彼は全く平静なままだった。彼女を信じていた。自分が無関心を装うことによって、彼女は支配され、柔順になり、大人しくなっている、だが、どんな熱烈な愛の誓いよりも、二人の間にある言葉にならない全てによって彼女は自分と結ばれている、と彼は思った。彼は計算づくではなく、自分の中に生来ある、一種のものぐさからただ待っていた。この場合、それは行動や言葉よりも彼に役立った。

そうするうちにも、夏は終わった。天候が悪くなった。別荘が一つ一つ閉じていった。明け方、浜辺は驟雨に曇る白い空の下で、完全に人気《ひとけ》なく広がっていた。熱い砂の上で長々と昼寝する代わりに散歩に出るようになった。イヴと一緒に、ドゥニーズはバスク地方を歩き回った。ピレネー山腹の起伏の多い小道、秋が金色に染め始めた森、陽が落ちたとたん高山のせいで真っ暗になり、どこよりも早く夜になる静かな村々。ある日、ニヴェル川沿いの小さな森の中で、彼は少年のように心を弾ませ、フランセットのためにブラックベリーを摘んだ。その間、彼女は両手とまくり上げた両腕を水に浸した。二人は、若返り、一種忘れていた無垢に戻るような素晴らしい印象をずっと感じていた。

九月が終わる頃、まだ何日か天気のいい日があった。イヴがドゥニーズをオンダリビアの行列見物に誘った。それはスペイン人と同じように、フランス人も喝采を送る由緒ある式典である。オンダリビアでは大砲、鉄砲が放たれた。埃、喧騒、音楽があった。ベレー帽を目《ま》深《ぶか》に被った少年たちが隊列を組み、体を寄せ合いながら、狭い街路を塞ぎ、声を限りに歌い、叫んだ。騎手たちが大急ぎであらゆる方向から駆けつけ、馬たちは喧騒と火薬の匂いで狂ったようにいなないた。ラバが引く、玉総《たまぶさ》と鈴で覆われた運搬車が尖った敷石を揺らした。大きな自動車が通ると、一斉に抗議の声が上がった。ビアリッツ中、サンセバスチャン中、それにイルンからパンプローナまでスペイン中の地方の人々がそこにはいた。汚れた顔をした子どもたちがバスク語とカスティーリャ語が混じった方言で意味の分からない悪態をつき合っていた。髪をなびかせたきれいな娘たちが刺繍の入ったスカーフを肩にかけて歩いた。奥地から来た娘たちは高いシニョンと花を刺した櫛をこれ見よがしに掲げていた。未だに黒いマンテラ*をかぶった老婦人たちもいた。噴水と露店の周囲で、誰もが笑い、叫び、歌い、喧嘩し、ひしめき合っていた。露店では商人たちがレモネードやシロップを出し、オレンジ、粉を振った丸いお菓子、がらがら、風船、扇を売っていた。人波が狭い通りに溢れ返っていた。ドゥニーズはロザリオ、キリストの十字架像、聖人像を刻んだメダルを陳列した店を眺めて楽しんだ。屋根が張り出した古めかしい家々は車道のほぼ上で互いに繋がり、バルコニーにはショール、刺繍入りの毛布、レースをあしらったテーブルクロスが飾られていた。黒と金で彩られた古い教会の中で、鐘が力強く鳴っていた。イヴはドゥニーズを小さなカフェのテラスに坐らせ、シナモン入りのココアとシェリー酒を振舞った。甘ったるいココアは気に入ってもらえなかったが、彼女は素晴らしいシェリー酒を小さなグラスで二、三杯飲んだ。

頰が火照り、目が輝いた。彼女が帽子を脱ぐと、その髪に陽が射し込み、煙の輪のように、ふんわりと青く見えた。行列が通るのを見ようと、二人は手摺に肘をついた。軍旗、錆びた古い大砲、震える手で鉄砲にしがみつく酔った男たち……行列は果てしなく続いた。最後に刺繡の施された祭服を着た司祭たちが、灯された蠟燭に囲まれた大きな聖母像を前に掲げなら登場した。彼等が通ると群衆は跪《ひざまず》き、急に静まり返った中で、鐘が、一層狂ったように、黒ずんだ古代の城壁まで震わさんばかりに鳴り響いた。

＊　スペインの女性が頭にかぶるレースや絹の長いスカーフ。

それから皆が教会の方に去って行った。広場は少しずつ空いてきた。間もなくテラスはドゥニーズとイヴ、それと片隅で飲んでいるスペインの農民たちだけになった。あたり一面薔薇色の黄昏が訪れた。ひんやりした神秘的な暗がりに満ちた山々が近づいたようだった。ドゥニーズは黙っていた。ちょっぴり酔い、指に光るダイアモンドにじっと目を凝らした。夜風が立ち、彼女の巻き毛を舞い上げた。

不意に彼女が言った。

「近いうちに夫が戻るわ」

それから直ぐ自分の嘘に驚き、困惑し、恥ずかしくなって顔を赤らめた。だが彼はそれに気づかなかった。不安げに尋ねた。

「じきに？」

彼女はあいまいな仕草をして答えを避けた。イヴの唇が微かに震えるのを見て、異様に心が騒めいた。

彼が呟いた。

「彼は君を迎えに来るんだな？」

それから、すぐに、自分に向けて言うように、付け加えた。

「終わったんだな、美しいヴァカンスは……それを忘れていたよ……あと二日で十月だ……二日のうちに僕はパリにいる」

「二日のうちですって」彼女は叫んだ。

心臓が止まったような気がした。それでも、自分はおかしいと思った——一月の間カレンダーを開かなかった？　秋が来るのが分かっていなかった？　それに、結局、それが一体私にどうしたというの、この他人、この知らない男が立ち去ることが？

「ドゥニーズ」彼が静かに呼んだ。

彼女は息が詰まり、答えられなかった。彼はテーブルに置かれた彼女の手を握った。自分の熱い額をそれに当てた。

「ドゥニーズ」彼はもう一度呟いた。ぽつりと。

彼女は引き攣ったその声を聞いた。

「君と別れたくない。僕はもう君なしじゃあ生きられない」

その時、拒み、身を守り、彼に自分を求めさせるのを忘れ、彼女は即座に言った。思わず大粒の涙が頬を伝って流れた。

「私だって、私だってあなたなしでは生きられないわ」

9 過ち

その晩、彼女は彼を待っていた。電気は点けていなかった。膝の間に手を組み、ベッドに腰かけていた。彼はオンダリビアか周辺の小さな宿屋で夕食を摂ろうと彼女に懇願していた。石灰の白壁に囲まれた宿屋は、山あいに隠れ、夜は山賊の巣窟のような恐ろしい雰囲気だが、そこでは素晴らしいスペインのワイン、葡萄、それに清潔で涼しい部屋が見つかる。ベッドにはモスリンの蚊帳《かや》が掛けられ、日中の日差しで温《ぬく》もった木の床は裸足に心地よい。彼女はフランセットのためにその申し出を断った。すると、彼は少しも気分を害さず、すぐさま、彼女をアンダイエに連れ戻すことに同意した。

おお！　夕暮れ時、薔薇色の照り返しに輝くビダソア川を小船で戻る！……左耳に金のイヤリングをはめ、日焼けした年寄りの船頭は、櫂《かい》の上で寝たふりをしていた。風は塩の匂いと味がした。二人がアンダイエに着いた時はもう夜で、巨大な星々が輝いていた。二人は暗くなったのに気づいていなかった。船が黒い水の上を、音もなく穏やかに滑る間、唇を合わせ、目を閉じ、抱きしめ合っていたから……

ドゥニーズは震える両手で頭を抱えた。隣の部屋で小さな声が呼んだ――「ママ」。ドゥニーズは仕方なく立ち上がって、娘のところに行った。フランセットは眠っていなかった。眼を輝かせ、腕を母に差し出した。

「ママ、あっちのおみやげは？」

小旅行でも舞踏会でも、ドゥニーズは娘のためにいつも何かちょっとした物を持ち帰った。だが今日は忘れていた。一瞬当惑したが、すぐ立て直した。

「勿論よ」しっかり言った。「あなたにお祭りの匂いを持って来たの。途中で失くしそうだったけど、でも大丈夫、ずっとここにあるわ。あなた、分かる？」

重々しい表情で、彼女はフランセットの方に屈み込んで、頬の匂いを嗅がせた。母親の真剣な様子に納得して、フランセットは思いっきり吸い込んだ。

「とってもいい匂いね」彼女ははっきりと言った。

それから彼女が聞いた。

「ママ、大きくなったら、私もお祭りに行くの？」

「勿論よ、私のお宝さん」

「私、大きくなるの？　もうすぐ、ねえ」

「とってもすぐにね、お利口にしてたら」

心を動かされたドゥニーズは、安心して自分の指を一本握っている小さな手に唇を当てた。こんなに機嫌よく眠りに就く幼子を前にして、恐れていた恥ずかしさも、後悔も感じないのが嬉しかった。確かに〝とってもすぐに〟彼女、フランセットは大きくなるだろう。彼女もまた、夜中に〝ご主人〟を待つだろう。

もし息子がいたら、ドゥニーズはもっと動揺し、困惑していたかもしれない。だが将来の可愛い女、芳香を放ち、キスに満たされるだろう唇、愛のために用意された小さな肉体を持つ娘を前にして、彼女は自分の過ちの重大さをどうにも実感できなかった。娘にキスし、くるみ込んで、掛け布団を顎まで持ち上げ、そっと扉を閉めながら、立ち去った。

自分の部屋で、改めて、彼女は乱れたベッドに腰かけて、待った。うなじを垂れ、両手を握り締め、柔順に、傲然たる男の足音を伺いながら。

10 休暇の終り

彼は明け方、彼女のもとから立ち去った。彼女は折り曲げた腕の窪みに顔を埋めて、眠っていた。彼は小娘と情を交わした印象を持つところだった。彼女が自分を与えながら、恥じらいを克服する魅力的な振舞いは、それほど不器用で、無知で、ほとんど処女のものと思われた。結婚と出産にも拘らず、彼女がまだ本当には女でないことが彼にはよく分かった。

彼女は身繕いに手間取った。しばらく後、扉の下に電報が滑り込んだ。彼女はそれを掴み、開いて、読んだ。

十月三日、アンダイエ着。元気で。　ジャック

彼女は俯《うつむ》いた。呵責の念を、ちょっぴり――ほんのちょっぴり！――込めて。それから、すぐに、日取りを考え始めた……イヴは出発を二日遅らせるでしょ。夫は自分と一緒にすぐ

パリに戻らせましょう。だいたい寒いし、フランセットは海辺の滞在が長引いたせいでピリピリしてきちゃった。四日か、遅くとも五日にはパリ。人生の全てが変わりそう、なんて幸せ！　つまらない訪問や仮縫いでつぶしていた長々しい日々はお終い、幸せな女の人生を台無しにする無為、空虚、倦怠の果てしない時間はお終い。ひっそりしたごく小さなアパルトマンを見つけなくちゃ。イヴに独身者用のアパルトマンがあることは知っていた。でもそっちの方が断然楽しいわ、二つのきれいなお部屋、装飾品を全部二人で選んで、お花でいっぱいにして……それからパリを横切る長いお散歩！　自分と同じくらい、彼が古い通りや古い館《やかた》が好きなことを知っていた。彼女は思い描いた。夕暮れ時、セーヌに連なった川船に黄昏の小さなランタンが灯る頃、暗がりや孤独に心を騒がせながら河畔に沿ってぶらぶら歩くのがどんなに素敵か。静かな水辺の何軒かの小さなビストロを思い出して心をときめかせた。左岸への訪問から車で帰る途中、興味深く眺めたことがあった。あそこなら誰にも見つからないわ。角のお店で焼栗を買って、骨董屋に入って、そこで〝二人のお家〟のための常識はずれで、高価で、魅力的なちょっとした思い出の品や本——二人とも古い装丁、黄ばんで虫に食われた詩のページが好きだった——が見つかるかも知れない。別の時、彼は彼女を田舎のフォンテーヌブローの銀色の森の中に連れて行く。そして春が来たら、郊外の蛙の鳴く池の畔《ほとり》のあずまやに彼と食事に行く手配をしましょう。なにしろ春がまた来る前に二人の恋は終わるかも知れない、などという考えは彼女をかすめもしなかった。彼女は愛は永遠、としか思わない類《たぐい》の人間だった。自分は一足飛びに、丸ごと全てを彼に与えた。当然、引き換えに、彼も丸ごと全てを与えてくれると思った。子どものように素直に、どこまでも信じ切って。実際、彼女は未だに子どもだった。彼女は夫の電報をしわくちゃにし、無造作に机の上に投げ、それから着替えを終えた。大きな優しい感情が彼女の心を満たしていた。自分を永遠にイヴと繋ぐ行為、一言で言えば、妻の熱い献身のような何かを果たしたと深く確信していた。

その日は異様に速く流れた。風が吹き、雨が降り、海を広大な銀盤のように輝かせる不意の晴れ間があった。泥道を気にもかけず、ドゥニーズとイヴは最後にこの地方を歩き回った。嵐に痛めつけられた木々は葉を失っていた。天候が恐ろしい速さで刻々と変化するこの地方では、昨日陽光を浴びていた風景が、秋のうら悲しい情景に変わるのに雨の一夜で充分だった。牛が車を引いて通った。海から来た大きな鳥たちが羽根音を立てながら地面すれすれで追いかけ合った。イヴとドゥニーズは古い港まで下りた。長年海に磨かれたピンクの石段は滑らかで大理石のようにつるつるしていた。街の古代の城塞、小船、生い茂った庭と色褪せた緑色の鎧戸のあるピエール・ロティの小さな屋敷は、揺らめく姿を水に映していた。イヴはドゥニーズをきつく抱き締めた。普段は疲れてちょっと悲しげな彼の顔は熱い愛の表情で若返ったようだった。

ドゥニーズがあと二日、アンダイエに自分と一緒に残って、と頼んだのはその時だった。

その声には確信した調子があった――彼女はそれほど彼の答えを信じていた。ところが、ひどく驚いたことに、イヴは急に気づかわし気になり、愕然と彼女を見つめて言った。

「だけどドゥニーズ、あさっては十月一日だぜ……僕の休暇は終わってるんだ。あさって僕はパリにいなきゃならないいんだ……」

「誰か待ってるの？」

「待ってるのはオフィスだよ、悲しいかな！……」

「まあ、二日長くなっても、短くなっても、それがどうしたの？」

「それで自分の職場を失いかねないんだ」彼は穏やかに説明した。

あっけにとられて、彼女は黙り込んだ。彼のやっていることを尋ねようと思ったことは一度もなかった。夫からはイヴは金持ちだと聞いていた。彼女は漠然と、イヴは夫のような、夫の世界の大半の男たちのような仕事をしていると思っていた。自分のような女には、しばしば何百万というような数字で表されない限り、何も分からない仕事を。甘やかされた子ども、富裕な実業家の一人娘、ばりばり金を稼ぐ夫から大切にされる若妻、物質的生活のある面は彼女にとって当然見ず知らずのままだった。今、イヴがほぼ一介の勤め人に過ぎないことが分かった。事務所仕事に従い、縛られているという考えは彼女にショックを与え、苦しめた。それじゃあ彼は貧乏なの？　でもそれならアンダイエでの暮らしぶりは？　こちらじゃ少なくとも一日百フランはかかるはずでしょ？　彼女にはよく分からなかった……確かに、余計なもののために必要なものを切り詰める暮らしぶりには、彼女でなくても驚いただろう。だが急に険しくなった恋人の顔を見て、彼女はこれ以上言い張ってはいけないと思った。彼は港の階段に腰かけていた。彼女はその額に手を当てた。抗《あらが》うその顔を、最後はおとなしく自分の体に屈みこむまで、そっと下ろした。その時彼女はその顔を自分に押しつけた。

「イヴ！」

そして呟いた。

「お望みの時間に発てばいいわ……まだ一日たっぷり一緒に過ごせるもの……」

「そんなに長くは無理だ、ドゥニーズ……明日の朝七時には発つんだ」

「まあ、今度こそ、あなたおかしいわ」彼女は笑いながら声を上げた。

「無益にくたびれてどうするの、ほんとに。夜七時の快適な汽車だってあるじゃないの。あさって、オフィスにちょうどいい時間にパリで降ろしてくれるでしょ？」

「あれには寝台車しかないんだ。僕は二等車で行くよ……ヴァカンスの間は大名暮らしだったからな、今度は、ちょっと節約しなきゃ……」

そして彼は一種尊大にぎこちなくつけ加えた。

「僕のせいじゃないぜ、ドゥニーズ、僕が新しいタイプの貧乏人だとしたって……僕に腹を立てちゃいかん……」

「まあ、イヴったら」彼女は異議を挟《はさ》んだ。

それから恥ずかしそうに言った。

「あなたが幸せじゃないって知ったら、なおさらあなたが大切になったみたい……」

彼は微笑んだ。

「僕は凄く幸せだよ、ドゥニーズ。だけど絶対に、僕の幸せを取り上げないでくれ。ほんとに今、もし君に去られたら、僕はもう以前のように、一人じゃ生きられないと思う」

そして険しい顔つきを輝かせるとても優しい微笑みを浮かべて、もう一度繰り返した。

「僕は凄く幸せさ」

長い間、彼は自分の手に握った小さな手に唇を着けていた。

「ドゥニーズ、君はいつ戻る？」

「五日か六日には……」

「そんなに遅くなるの？」

「私たち、車で戻るでしょうから」彼女は説明した。そして突然、自分の贅沢、豊かさ、パリに自分を連れ戻す美しいイスパノ*に一種の気詰まりを感じた。イヴが二等車の客席で揺られるというのに……

＊　スペインの超高級車。

だがイヴはこう言っただけだった。

「いい旅だな……以前は僕もよくやったよ……でも道が悪いんだ、特にボルドーまでは……気をつけろ……スピードを出し過ぎるな……えらく心配だなあ……」

11

パリ

パリでは、木々は黄色い葉を失い、落ち葉が舗道のねばねばした泥の中で腐っていた。人の動き、騒がしさは異様なほどだった。新車ショーがいつもの秋通りに、地方の隅々から人々を首都に向かわせていた。

毎年、本当の若いパリジェンヌ、ドゥニーズは、深く、穏やかでどこか常識はずれな思いを込めて、薄い霧、電気とガソリンの匂い、高い建物の上の上品な灰色の靄《もや》がかかった空、街々の喧騒、そして夕方には、シャンゼリゼからエトワールに向かって流れる光の奔流と再会した。いつもは、帰り着くや否や入浴し、女中に指示を与え、長い散歩に出た。外気に頬を染め、花、菊や大地ときのこの匂いがする派手な色のダリアを買って帰った。それからアパルトマンを片づけ、全ての花瓶に花をいけ、小さな装飾品、絵、クッションをいじって、位置を変えた。三か月放っておいてよそよそしく、冷たくなった家が以前の温もりと慣れ親しんだ魅力を取り戻すまで。

この年、パリを改めて見ながら、彼女が感じた歓びには逸楽めいた鋭く、悩ましい何かがあった。ヌイイ*が目に入った時は、嬉しさのあまり声を上げそうになった。凱旋門が地平線に姿を現した時は、涙が目に溢れた。だが帰宅した時、彼女はアパルトマンに一瞥《いちべつ》もくれなかった。入浴し、部屋着を着て、女中が差し出した外出着は断り、小部屋に身を落ち着けた。ジュッサンの外出を待ちながら、時計にじっと目を凝らした。夫は程なく外出した。そこで、彼女は電話を運ばせ、扉を用心深く閉め、ちょっと震える声で、イヴのオフィスの番号を呼び出した。

＊　パリ西部近郊の都市。

「もしもし」疲れた声が言った。

「こんにちは、イヴ、私よ、ドゥニーズ……」

ちょっとした沈黙、それからほとんど変わらぬ声で――

「君か……いい旅だった？」

彼の側に誰かいると彼女は感じた。急いで月並みな言葉を並べた。それから不安な思いで尋ねた。

「今日会えるでしょ、ね？」

「もちろん、凄く嬉しいよ……六時半には自由になる」

「それより前は無理？」

「とうてい無理だな」

彼には他に言いようのないことが、彼女にはよく分かった。彼は一人ではなかった。遠くの会話の声が聞えた。それにしても、彼のこの冷たさは彼女を凍りつかせ、苦しめた。

「じゃあ、六時半に」彼女は同意した。

「あなたのオフィスの側がいいの?」

「そうだな」

彼は手短に小さな声でつけ加えた。

「オペラ広場で。人の来ない、静かで小さなバーがあるんだ。ポルト酒が素晴らしいよ。僕のオフィスに面してる。そこでいい?」

「もちろんよ」

「分かった、じゃあ、後で」

二人の会話を断つ小さな音が聞えた。彼女はゆっくり受話器を置いた。言いようのない失望と不安で急に心が重くなった。彼は私を愛しているの?　期待は強烈で、彼女はそれを確実に掴み取りたかった。そして彼女自身はどれほど彼を愛していたか、ああ!……

四時だった。彼女はドレスアップを始めた。時間をかけ、入念に、かつてない細心さで、鏡の中の自分の顔と体に際限なく目を凝らしながら。それだけで恋心を明かすに十分だった。だがそれでも早々と支度《したく》ができ上がってしまった。本を取って、読まずにページをめくり、投げ出した。また逆毛を撫でつけ始め、帽子を変えた。遂に、六時に彼女は出かけた。

待ち合わせの場所に着いた時は、パリの道路の混雑のせいで六時半を過ぎていた。だがイヴはまだそこにいなかった。彼女は片隅の目立たない小さなテーブル席に着いた。イギリス風のごく狭いバーで、清潔に輝き、〝ご立派〟で重厚な雰囲気だった。ほとんど客はなく、隣のテーブルで一組のカップルが静かに煙草をふかしながら見つめ合っているだけだった。

ドゥニーズはポルト酒を注文し、待った。当惑し、神経質になっていた。バーテンが雑誌を持って来てくれた時、彼女はひどく顔を赤らめた。バーテンはひそかに彼女を観察しながら、さめた、それでも心を動かされた様子でこう思っているようだった。〝また一人か〟

やっとイヴが姿を現した。彼女は心臓が飛び跳ねそうな気がした。小さなくぐもった声で呟いた。

「元気？」

「ドゥニーズ」彼はそれだけ言った。だが動転しているように見えた。彼女の手に熱くキスをした。「とうとう君がここに」

彼女は微笑んだ。

「嬉しい？　さっきは凄く冷たいと思ったけど？　電話で」

「なんだって」彼は驚いて言った。

「人がいるのが分からなかった？」

「分かったわ、だけど……」

彼は坐って、眼の奥に愛情と幸せの表情を浮かべ、旅や体の調子について尋ね始めた。だがこっそり彼を見た彼女は悲しくなった。彼は疲れて歳を取ったように見えた。目の下に隈ができ、口元には苦い表情が浮かんでいた。男たちが絶えず自分に注意を払えなくなると途端に失ってしまう、言い表せないない何か、溌剌《はつらつ》として、優雅な雰囲気を欠いていた。彼女はアンダイエで、沐浴を済ませたイヴが、さっぱりと髭を剃り、タキシードにぴしっと身を包んで食事に降りて来た時の、若きアングロサクソン人風の身嗜みのいい姿を思い浮かべた。

それでも、彼は尋ねた。

「僕の家に来る?」

「是非そうしたいけど、私、七時には戻らなくちゃ……夫はいつもその時間は家にいるのよ……」

「ああ！　仕方ないな」彼はがっかりして言った。

「イヴ、オフィスは毎日こんなに遅くなるの？」彼女は尋ねた。

彼はうんざりした仕草をした。

「ああ！　頑張ってみるけど……でも難しいなあ……」

そしてちょっとわざと陽気に付け足した。

「だけど明日は自由だぞ、ドゥニーズ、完全に自由だ……土曜は休みでね……君は来るだろ、な？」

「まあ、どうしてそんなことが訊けるの？　勿論だわ……」

その間にも、時計は七時五分前を指していた。イヴがタクシーを呼び止めた。車の中で彼はドゥニーズを夢中で腕に抱きしめた。

「僕のいとしい人……」

彼女は身を委ねた。とても蒼ざめ、目を閉じていた。彼は彼女の頬、首、手首の柔らかい肉に激しいキスであざをつけた……それから花屋の前で運転手に停車させ、降りた。彼女はしばらく彼を待った。彼は宝石のように薄葉紙に包んだ蘭を一輪だけ手にして戻った。花弁は痛んでいたが、燃えるようなダークレッドのビロードの突起を持つ高価な逸品だった。

「まあ！　なんてきれいなの！」ドゥニーズは声を上げた。うっとりしていた。

「気に入った、ほんとに？」イヴが尋ねた。

「僕はこの花が好きさ。でも薔薇の方がもっと好きなんだ。だけど、もう残ってなくてね。それでこれにしたんだ。この花に似た女たちっているよね、どう？」彼は微笑んで言い添えた。「少なくとも、自分たちはそう思い込んでる。君は違うぞ、幸いなことに。君はとても新鮮で、とても純真だ。君は薔薇に似てる。間違いなく。イギリスの庭園で育てるような、花弁は繊細で淡いピンク色をして、芯はもっとくすんだ優美な薔薇、それでその香りまで君に似てるんだ、僕が保証するよ」

ドゥニーズはイヴの肩の窪みに顔を埋めた。おとぎ話を聞く子どものように、彼の言葉を吸い込みながら、うっとりと、目を閉じて彼が話すのを聞いていた。彼は黙って、とても優しく彼女を揺すり始めた。その時、彼女は歓びに溢れる真心を捧げて呟いた。――「愛しているわ」と。女の全本能から、彼女は聞こえるというよりそれと分かる、こだまのような果てしない「愛してる」の言葉を期待した。だが彼は何も言わなかった。もう少し強く彼女を抱き寄せただけだった。

12 古いアパルトマン

彼女は彼の家に行くのがちょっと心配だった。自分には居心地の悪い、ぱっとしない家具付きのアパルトマンに住んでいるのが案じられた。一九一二年以来、彼が守りぬいたアパルトマンに入りながら、彼女は驚き、嬉しくなった。そこでは一つ一つの物が愛情を込めて選ばれていることが分かった。戦前にイギリスで購入された使い心地のいい家具、大きな暖炉では薪《まき》のきれいな炎が輝き、寝室には小卓《しょうたく》が置かれていた。ボヘミアングラスの素晴らしい鉢に果物が、古い小ぶりの銀のカラフにワインが入っていた。薔薇色の傘付きの二本のランプが全てを照らしていた。ランプは古めかしい細密な作りの、金めっきした二つの銀の大燭台に乗っていた。

こうした美しく、高価な全ての物の中で、イヴは本当に自分の居場所にいるように見えた。彼女は彼の顔の急激な変化に内心驚いた。昨日、彼は年取って生気がなく、ほとんど醜かった。今日は美しく、若々しかった。

彼女はピエロと知り合いになった。牧舎の縮れ毛の羊に似たスピッツで、淡いピンクのリボンを首に巻いていた。それから彼はお気に入りの骨董品、取って置きの香水の小瓶のささやかなコレクションを彼女に見せた。そしてその一つを彼女に受け取らせようとした。イギリスのエリザベス朝のもので、照明に宝石のように輝く濃いブルーのガラスに、くすんだ金で女王の紋章が刻まれていた。

「頼むよ、これを受け取ってくれ」彼女が拒む様子を見せると、彼は懇願した。「僕にとってプレゼントするのがどんなに嬉しいか分かってくれたら、ああ、ほんとに珍しいことなんだ……お願いだ……」

それから彼は両親の肖像画を見せた。父の話をして、その恋愛沙汰をいくつか語った。とりわけ、ロシアの芸術家に恋をして、彼女を追って妻子のもとを去り、ニースの近くの〝スネグーラチカ〟*邸で一年ほど彼女と暮らした話を。金髪の彼女が白が大好きだったので、そこでは全ての部屋が大理石、雪花石膏、水晶で飾られて白く、庭には白い花——月下香、カメリア、真っ白な薔薇ばかりが植えられ、白孔雀がたくさん住み、三つの湖では素晴らしい白鳥が水上を進んでいた。彼女はそこで死に、それで、彼は妻のもとに戻った。

＊　ロシアの民間伝承におけるキャラクター。西欧のサンタクロースに該当するジェド・マロースの孫娘で、日本では雪娘、雪姫と訳される。

「母は父を許したんだ、この時もまた。それまでの多くの時と同じようにね」

イヴは言った。

「母はいつだって許した。親父の浮気は芸術作品みたいでね……憎めないんだ……それに抵抗できない……あまりにも愛される人間の魔力を持っていたんだね。本当に、親父は恋をすると、その都度、永遠に自分の全身全霊を捧げるんだ……僕らはもうあんなふうに愛することはできない、僕らは違うんだ……」

彼は暖炉の前で、ドゥニーズの膝に身を寄せて、その足元に坐っていた。じっと炎を見つめていた。

「どうして？」彼女が尋ねた。

彼は曖昧な仕草をした。

「ああ、どうしてだろう？　僕には分からんが……先ず、今は暮らしがきつ過ぎる……以前なら人が惜しげなく情熱や恋につぎ込んだ力、その力が日常の、低俗な、死ぬほどつまらん無数の気苦労に使われてしまうんだ……彼らみたいに愛するには、暇と富が必要だよ……それに、彼らはとても幸せだった……人生は、落ち着いて、確かで、大らかで、陽気だったた……彼らには感動が必要だった。僕らに必要なのは休息だけさ。それに結局、愛は、人が言う以上に、大理石の宮殿や白孔雀や、白鳥を欲しがるのかも知れないね」

彼女は彼の方に身を屈め、その肩を掴んだ。

「イヴ、あなたは私を愛している？」彼女は問うた。その声は答えをあらかじめ見事に信じ切って、念を押すように「私が好き？」と呟く恋する女のようではなかった。反対に、不安と苦しみに満ちていた。それでもやはり、彼女は期待していた。彼は何も答えなかった。ようやく言った。

「言葉が何になる？　ドゥニーズ。言葉は何も意味しないよ」

「それでも私にそれを言って、お願い……私、それが知りたい」

「それは、正に、僕は愛せるか、望み通り愛せるか、って自分に問うことだな」

彼はため息をついた。

「だけどな、ドゥニーズ、君は自分にとって限りなく大切だって、僕は思ってる。僕が君に抱く欲望は、大きな愛情と混じり合っているんだ……」

「だけど、それでしょ、愛って」彼女は胸を締めつけられて、彼を見据え、懇願するように、口ごもりながら言った。

彼はぽつりと答えた。

「もし君がそれが愛だと思うなら、僕は君を愛しているよ、ドゥニーズ」

初めて、彼女は自分たち二人の心の間にある一種の障壁を感じた。くっきりとはしていないが、越えることができない小さな国境線のように。だが彼女は何も言わなかった。目を閉じ、我《われ》を忘れ、見ず、信じず、だが彼を失わず、何より、彼を失わずにいる方が良かった。

そして彼が自分にキスしている間、彼女はあまりにも重い自分の心から溢れ出る二つの大粒の涙を、こっそり、手で拭った。

13
恋やつれ

十二月のある日曜日、ジュッサン家ではドゥニーズの母、フランシュヴィエーユ夫人と二十三歳の美青年でドゥニーズの従弟、ジャン＝ポール・フランシュヴィエーユが昼食を共にした。若者は生意気な目をして、赤い唇を尖らせていた。澄んで、ひんやりして、陽光溢れる冬の好日だった。ダイニングルーム全体が薔薇色を帯びた強い光線に照らされ、クリスタルグラスが壁に反射して踊った。明るさの中に、いきなり、ドゥニーズの蒼ざめ、やつれた顔が現れた。若い顔にも時折こっそり忍び込む影が、密かな予告のように、瞼を際立たせ、口元のいずれ皺になる箇所に印をつけていた。

「あなた気分が悪いの？　ドゥニーズ」フランシュヴィエーユ夫人が問いかけた。

四十九歳のドゥニーズの母は、まだ素晴らしく美しい女性で、夜、腕をむき出したイブニングドレスを着て、自分の娘と並んで、シャンデリアの強い光の下に姿を現すことを恐れなかった。やはり今日も、燦燦たる陽光の中で、彼女はドゥニーズより若々しかった。巧みにお化粧し、美しい歯がきらめき、ずっしりした髪の毛が輝き、健康で機嫌が良さそうだった。ドゥニーズは母が大好きだった。ちょっと冷ややかで、からかうような雰囲気の下に熱い愛情を隠した、注意深く、賢く、善良な彼女に感謝していた。彼女は感情をあまり表に出さず、甘やかしもしなかった。だがドゥニーズは自分の過去の奥底で、猩紅熱《しょうこうねつ》の九夜を覚えていた。その時、錯乱と高熱の間中ずっと、母の目は自分の目に注がれ、じっと見つめ続けていた。自分を救おうとする粘り強い意志と、実際自分を死から引き戻したひたむきな愛情を込めて。早くに寡婦《やもめ》になってこの通り美しいフランシュヴィエーユ夫人には、これまでひそかな色恋沙汰、お愉しみがあったし、おそらく今でもあった。ドゥニーズはその仔細を知ろうとはしなかったが、おぼろげに分かっていた。それは母に対する彼女の敬意を弱めるどころか、ほとんど募《つの》らせた。なにしろそれが、母を、全てを知り、全てを見て、より多くを理解する卓越した女性のシンボルにしていたのだ。フランシュヴィエーユ夫人の炯眼《けいがん》は知れ渡っていた。娘は何事であれ母に隠しおおせたためしがなかった。今日もまた母の問いかけに戸惑い、答えずに顔を赤らめた。

「私をまたお祖母さんにしてくれるんじゃないでしょうね！」フランシュヴィエーユ夫人はそんな誤解をしたふりをしながら、ぞっとしたように叫んだ。

「違うわ、違うわ、安心して、ママ」フランシュヴィエーユ夫人が直ぐ巧みに話題を変えたほど悲しい笑みを浮かべて、ドゥニーズは言った。

コーヒーを出すので、会食者たちはダイニングルームを離れ、美しい版画、花、僅かな書物を飾った隣の小さな書斎に移った。ジャン＝ポールはドゥニーズを手伝うために立ち上がった。

「そう、あなた、接待役をやってくれるのね」ドゥニーズが彼に言った。微笑みに見せたかったが、やはり唇には強張った皺が寄った。

ジャン＝ポールが器用にカップを扱いながら彼女に囁いた。

「さて、僕は確信してるよ」

「いったい何を？」

「君には恋人がいるね……お気の毒に、ジャックさん、あの人は……」

彼はジュッサンの背中に向けていたずらっぽい仕草をした。

ドゥニーズは蒼ざめた。

「いいさ、いいさ、驚きなさんな……でも、そんな顔に見えるよ、ドゥニーズ。具合が悪いのか、それともやっぱり恋やつれ？」

「やめてよ、お願い、やめて！」彼女は繰り返した。

彼女の眼にはジャン＝ポールが真剣な優しい同情の表情を浮かべて彼女を見つめるほどの疲れがあった。

「可哀想にドゥニーズ……君は苦しんでる……ああ、やっぱりあの陽気な太っちょをコキユにしなきゃいけないんなら、なんで僕の言うことを聞かなかった？　一年前、ちょうどここで」

彼女は青二才で口達者なジャン＝ポールが、冷やかし半分、熱さ半分の恋の告白を自分にしながら、終いにはテーブルからテーブル、角から角に自分を追いかけまわしたシーンを思い出してくすりと笑わずにいられなかった。あまりに勢い込んだ彼の攻撃は、直ぐに、子ども時代の鬼ごっこパーティーをまざまざと思い出させる一種の遊びに変わってしまった。

「お気の毒様、ジャジャ」彼女は子どもの頃の呼び名で言った。「あなたの言うことを聞くですって？　若い雄鶏みたいに乱暴で初心《うぶ》だったくせに」

「君にそう見えたのさ。僕は君に永遠の愛を誓わなかったし、自分の思いを飾らなかったからな。ドゥニーズ、君は最後のロマンチストだ。こんな言葉は君を傷つけるか。だがな、言葉は何も意味しないぜ」

「そう思うの、あなたも」ショックを受けて彼女は言った。

「だけど、あなた、若かったわ。私を愛していたの？」

「先ず、君が欲しかった。それに、僕はいつでも君に対して何かを持ってた、ここにね、だけど、それが愛かどうかは分からない」彼はきっぱりと言った。

「皆、同じなのね」彼女は呟いた。声がちょっと変わっていた……

「愛情、欲望……何か……なんで率直に言わないの——愛って？　その言葉が怖いの？」

「それにその事もだ、ドゥニーズ……つまり、戦争以降、もうそれが何だか分からないんだ……ほら、僕が君に飛びかかった時、僕は君を熱愛してたさ、君がそう呼ぶ通り。それで君が僕を突き飛ばした時、僕は大泣きしたよ。でもな、僕はいつだって自分が諦めるってちゃんと感じてた。だって、実際、男が諦めきれない女なんていやしないんだから……生まれながらに僕らはそれを知ってる、僕らは違うんだ」

「私たちはそんなこと知らないわ」

「君や、宿命的に苦しむ一部の女はな。君たちは僕らをゲス扱いする。君たちが銀のお皿に乗せて永遠を差し出しても、僕らがそっけなくそれを突っ返すからだ。でも君たちは例外だよ。他の女たちはずっと前からボードレールの詩の変奏をやってるんだ。〝可愛らしく黙っておいで！……そして、おさらば〟さ」*

＊「悪の華」所収「秋のソネット」より。

スプーンをいじりながら、彼はドゥニーズの手に軽く触れようとした。

「それでも万が一、いつか君が〝ゆったりした黄昏時〟……人はこんなふうに言うだろ？それを過ごすために誰かの助けが必要になったら、ジャジャのことを思ってくれ……でもそれで全てじゃないんだ！　今、僕が話をするのはもうドゥニーズじゃない、大金持ちのジュッサン氏（ジャック）の妻たるジュッサン夫人だ……思い出してくれよ、ああドゥニーズ——僕らは一緒に遊んだ仲じゃないか、昔、君がジャムをくすねるのを僕は手伝ったじゃないか、僕は君のめでたい結婚の介添人だったじゃないか、それに……」

「あなた、お金がいるの？」

「君には何も隠せない」

「恋人がいるの？」

「いや、可愛い車が一台あってね……女よりそっちの方がいいよ。でもそいつも同じくらい食いやがる。先週おやじの金に手をつけたら、おやじに追い払われちゃって」

「恋人はいないの？」

「いるよ、でもそっちは金がかからん。おじいちゃんがいてね」

「まあ！　ジャン＝ポール！」

「ふん、なんだよ、まあジャン・ポール！　って。使うと怒るし、節約しても怒るんだね」

「その人きれい？」

「ああ、そうだな、細くて、浅黒くて、つやつやしてる、ボンネットが少々長くて……」

「何の話？」

「ボンネットさ。車にボンネットがあるの、知らないか？」

「こんな時に車の話をしてるの？」

「勿論さ、僕に何の話をさせたいんだい？」

「ジャン＝ポール、あなたにはお手上げだわ……二千フランあげましょ。さあ、もう、リキュールを出して」

彼は彼女に礼さえ言わずこっそり逃げ出した。コーヒーが出て、彼女はカップを持って、熾《おこ》った暖炉の側のお気に入りのクッションに身を落ち着け、炎の薔薇色の舌が踊るのを見つめた。母の声が彼女を夢想から覚ました。

「ドゥニーズ、眠ってるの？　あなたの部屋に帽子を置いてきちゃったわ。一緒に来てくれる？」

ドゥニーズの部屋で、フランシュヴィエーユ夫人は近寄って娘の肩を抱いた。

「あなた、ひどく悲しそうな顔をしてるじゃないの……ママに悩み事をおっしゃい」

「無理だわ」

「あなたの力になれるかしら？」

「だめよ、お母さん、感謝するけど……心配しないで……まだ大丈夫……一人で抱えるのが重すぎるようになったら話すかもしれないけど……でも今は何も聞かないで」

フランシュヴィエーユ夫人は心の奥まで読み取るような近視のきれいな目をちょっと細めた。

「分かったわ」彼女はそれだけ言った。

三時ごろ、ドゥニーズは一人残った。フランシュヴィエーユ夫人は立ち去っていた。ジュッサンも訪ねる所があると言って出かけた。

「あらジャックも社交家になったものね」ドゥニーズはちょっと皮肉に、恋人から苦しめられるとすぐに女たちが夫に対して感じずにはいられない攻撃的な苛立ちをちょっぴり込めて言った。

だが彼女は夫に着いて行ったり、引き止めたりしないように気を配った。それから自分のスカートの周りでぐずぐずしていたジャン＝ポールを追い払った。

熟した杏子色の細い光線が斜めに小部屋に射し込み、象牙の小さな置時計を照らした。ドゥニーズは時計を見た。昨日の晩も、いつものように、別れ際に彼女はイヴに尋ねた――「明日も会える？」毎回、この短い言葉を彼の方が先に発するまで待とうと彼女は自分に誓った。だが、いつも最後の瞬間に臆病に、遠慮がちに、小声で素早く囁くのは彼女だった。それでも、一度か二度、彼女は勇を鼓して黙っていた。翌日、彼はいつもの時間に電話をかけてきた。だがそれまでに彼女が陥った不安は彼女を半ば狂わせた。不安……それこそが彼女の苦しみの名前だった。彼女は彼が自分を裏切らないことを、ほぼ信じていた。何故か？彼にはおそらく、その時間も、機会も、さらに誘惑もなかった。

〝でもそれは何でもないわ。それでいいのよ〟彼女はそう思った。息をするのに空気が必要なように、彼女が必要としていたもの、それは愛されているという確信だった。彼女にはそれが分からなかった。まるで分からなかった。いつもうんざりして、疲れて、心配そうで、当惑している彼は、それでも、彼女に対しては愛情と肉体的な魅力を持っていた。彼女はそれは感じていた。だが、いつでも、二人の愛に渾身の力でしがみついているのは自分だけ、という印象を持っていた。もし自分が彼から去っても、彼は引き止めようとはしないだろう、彼女にはそれが分かっていた。ものぐさから、生まれつきの無気力から……彼女はそれを、震えながらひ弱な手の中に重すぎる大切な荷物を抱えているような、大きな心の疲れとして感じていた。それでも……彼は意地悪ではなかった、上品で、繊細だった。だが彼女の苦しみを理解せず、感じなかった。彼女が〝明日会える？〟と聞く度に彼は答えた――〝僕が電話するよ〟彼はそれがごく普通だと思っていた。彼女は彼に、自分は自由で、いつでも彼のために都合を整えると普段から言っていた。彼の方は、いつもオフィス、仕事、彼女に話したくもない貧しい独身男の無数の心配事にびっしり捕らわれていた。急な支障に悩まされる危険をおかすより、ぎりぎりの瞬間に約束した方が良かった。それはそれでもっともだったが、それにしても、電話の側で待つのは日々の耐えがたい苦しみであり、彼女は説明できず、それでも彼が分かってやるべき緩慢で手の込んだ刑罰だった。そしてこの無理解こそ、二つの存在を繋いで一つに結び、歓びも悲しみもひそかに共にさせる不思議な心の琴線が二人の間に欠けていることの最も恐ろしい証拠の一つだった。そう、二人の間には、掴み難く、説明し難い何か、おそらくごく単純に、人がお互いの愛と呼ぶものが欠けていたのだ。

三時……だが彼女はまだ気楽で安心していた。いつもこんなふうだった。本を取り、興味を持って数ページ追った。三時十分、彼女は何を読んでいるのかもう分からなくなり始めた。言葉は全ての意味を失い、もう目の前で踊る白紙の上の小さな黒い徴《しるし》に過ぎなかった。それから何度も何度も彼女は読み、また読んだ――〝月は空高く、白光の円錐の頂《いただき》のように見えた……〟〝月は空高く……〟〝月は……〟分からなかった。ぴしゃりと本を閉じた。爪磨きを取って、一心に爪を磨き始め、光る表面に心を奪われた。だが彼女の心はあまりにも所在ないままだった。立ち上がり、廊下で一瞬思い迷った。本当に何をすればいいか、分からなかった。することが何もなかった、何も、何も……子ども部屋の扉を開けた。フランセットが高い椅子に腰かけ、イギリス人の乳母の傍らで写真を切り抜いていた。一瞬、この部屋の静けさ、汚れの無さが思わずドゥニーズをほっとした穏やかな思いで貫いた。フランセットは小鳥のような小さく甲高い声でおしゃべりしていた。暖炉では炎が爆《は》ぜ、お湯の沸く音がして、黒猫が喉をごろごろさせながら体を舐めていた。彼女は娘の側に腰かけ、その髪を撫でた。だが突然、苛立たし気に飛び上がった。

「電話が聞えなかった？　あなた」

「いいえ、奥様」イギリス人が平静に答えた。

それでも、ドゥニーズは気をとられたままだった。子ども部屋からはか細い音は壁紙に消されてよく聞こえないし、女中たちはひどくぼんやりしているし、と彼女は思った。もうその場でじっとしていられなかった。バスが通りを通る度、フランセットが部屋に飾ってあるコペンハーゲンの陶器の動物に手で音を立てる度に、彼女は耳をそばだて、身を震わせた。不意に、彼女は立ち上がって、ほとんど逃げるように自分の部屋に駆け込んだ。今度こそ、確信していた。

「もしもし、もしもし……」

つまらぬ知り合いだった。月並みな質問を我慢し、興味あるふりをして質問し、どうでもいい話を聞いてやらなければならなかった。やっと身を震わせながら、受話器を置いた。四時十五分前……イヴはきっと自分に電話しようとした……音を立てず、彼女は窓と暖炉の間の低い椅子に坐りに行った。なんという静寂！……空っぽのアパルトマンの中では、ごく小さな物音も聞こえた。家具のきしみ、台所の女中の忍び足、下では重たい両開きの大門がこもった鐘の音とともに閉まった……日曜日は田舎の道と同じくらい静かなこのイエナ街で、表を車が一台通った……そしてまた、押しつぶされそうな、死のごとき静寂、パリの高級住宅街の日曜日特有の静けさ。

肘を膝につき、頭を両手に抱えて、ドゥニーズは一心に炎を見つめた。眠りたい時や強いてまどろむ時、人が幾度かやるように、何も思わず、頭を空にし、虚空に目を据えて。考えない、何より、ああ、何も思わない！……

そして、少しづつ、ゆっくりと、抗《あらが》い難く、彼女の顔は暗がりの隅の方を向いた。そこに電話があった。彼女は皮肉に押し黙った鉄と木でできた小さな神のように、その命なき物体に哀願しているようだった。四時を過ぎた……彼は電話してこない……忘れてしまった……いいえ、そんなはずないわ、彼が忘れるもんですか……でも、なんで電話がないの？　ああ！どうして？　ああ！　このままでいる苦しみ、冷え切った手、ぐずつく心、薄暗い片隅の中でからかうように黙って光っているこの恐ろしい小さな物体にぶら下がった全ての生命……静寂の中で空しく呼び出し音を待ち受ける苦しみ。四時半……掛け時計が鳴った。彼女は椅子から飛び上がった。頬が蒼ざめていた。それから気落ちして、静かに泣き始めた。力強く、横柄に、はっきりと、突然、呼び出し音が鳴り響いた。

彼女は思い違いもあり得ると警戒しながら、震える手を懸命に抑えて受話器を掴んだ。だがいや、それは確かにイヴの声、あのちょっと擦れて深みのある声だった。

「ドゥニーズ？」

「あなた？」

「ドゥニーズ、僕はひどく忙しい……一時間か一時間半しか会えない。すまない」

「日曜日なのに？」

「そういうことだ」

彼女は彼の声がちょっと厳しく変化したと感じた。途端に気が挫《くじ》けた。

「お望みの時間に、あなたの家で？」

「僕の家はだめだ」

「どうして?」

「説明するよ」

「それで?」

「君は一人?」

「そうよ」

「僕が君の家に行こう」

「いいわ」がっかりした彼女は警戒し、冷ややかに言った。

もう通話は切れていた。それでもやはり、安堵の大波が彼女の胸に広がった。急にやることがいっぱいあることを思い出した。給仕長の勘定書を確認していなかった。まだ試着していない帽子がジョルゼットから届いていた。注文した肌着を飾る刺繍を選ばなければならなかった。彼女は三十分ほど、気の向くまま、様々な仕事に励んだ。それからもう一度髪を整え、白粉を塗り、首筋と腕の、彼が普段肌にキスする箇所にゆっくり香水をつけた。彼のお気に入りの部屋着を来て、自分でティーカップを丸いテーブルに並べ、ポルト酒をルビーのように輝く深い色をした小さなガラスのカラフに注ぎ、花を整え、彼が好きなモスクワから取り寄せた緑と黒の漆器の箱に煙草を入れ、その全てを暖炉のすぐ側の、ランプが薔薇色に照らす暗がりに置いた。そして改めて、彼女は彼を待ち始めた。待つこと、それが彼女の現在の生活の全てだった。電話を待つ、彼の訪れを、あるいは彼との待ち合わせ時間を待つ……ああ！　愛することの恐ろしい苦しみ。それにしても、どうして？　彼女を彼と結びつけるのは二人の愛撫ではなかった。彼女は大方のうら若い女たちのように好色ではなかった。彼の腕の中で、いつも、ほとんど歓びを感じず、名前は知らないが、自分の奥底でその存在を感じる病気のような、ひそかに蝕《むしば》む、言い難い不安に苛《さいな》まれた。それでも、この不安にも拘らず、彼女は、時折、ああ本当に稀だが――彼の膝に坐り、きれいな絹のシャツの隙間から恋人の胸が鼓動する場所に手を滑り込ませながら、素晴らしい静謐《せいひつ》な思いに貫かれることがあった……そしてこの恋の、快美で安らかな、稀な瞬間のために、彼女はあらゆる苦しみに耐える準備ができていた。今も彼女は待っていた……視覚も神経も麻痺していた。ただ聴覚だけが、通りのささいな物音に向かって張りつめ、素晴らしく研ぎ澄まされて生きていた……足音が近づき、屋敷を通り過ぎ、遠ざかる……車がスピードを緩め、停まって、いや違う、行ってしまった……それからエレベータのこもった音と、上階のベルの澄んだちりんと鳴る音……どうして彼はこんなに遅いの？　事故があったの？　毎日大通りの角でタクシーがぶつかるし……それから、どうして私が彼の家に行くのをいやがったの？　彼女の想像は膨らみ、異様に増幅し、最も些細な部分を捻じ曲げた……誰が分かるかしら？　ひょっとして浮気を？　分かるものかしら？　もしかして他に愛人が？　もしかして、私に飽きて昔の関係に戻った？……それともきっと、最近のアヴァンチュール？　彼女は他の女の傍らに横たわり、うんざりと思っている恋人を想像した――〝やれやれ、ドゥニーズは今日も待ってるのか……〟彼女は病気の子どものように、思うさま自分の心を痛めつけた……それから、もう一つの激しい恐怖……ああ！　それはいつも死の恐怖のように彼女の奥底で生き、人間の臆病な心の中で眠っているが、ある恐ろしい時間に目を覚ましてにやにやあざ笑う……彼が去ってしまう恐怖……ああ！　かつて人が言ったような破局の大立ち回りではない……そんなのはもうほとんど演じられない、お芝居ですら……こんな小さなことにそんな大げさな言葉を使ってどうするの？　今は、立ち去る、まるであっさりと、ある日、待ち合わせに来ない、それでお終い、姿を消す……それを〝女はほっとく〟っていうのね。えらく結構なこと、とっても都合が良くって、とってもご親切で……その間にも、文字盤上で、時が経った、せかせかと、素早く、陰険な小動物が生命の小さな切れ端を齧って、一つずつ運びながら逃げ出すように。

ドゥニーズは待った。

愛されずして愛す、
眠れずしてベッドにいる、
来るのが分からずして待つ
人を殺すのはこの三つ
人はおおよそ、こう言う。

14　パイオニア生活

さあ、お前、ジャン・ヴァンドモアは締めくくった。これが俺の暮らしだ……フィンランドの北、文明社会と全く断絶した、北極海沿岸で……前世紀カナダのパイオニア生活だ……一年の九か月は冬で、見ないことにゃ想像もつかん……雪……純白の澄み切った世界、素晴らしく清らかな空気……雪の下で眠ってる深くて宏大な森……風はそよともせず、物音もなく……橇《そり》の鈴だけ……夏の三か月、太陽は全く沈まん……

「目に浮かぶよ」イヴは夢見るように目を大きく見開いて、呟いた。

二人は昼食中から、そして今も目の前のコーヒーを飲むのも忘れて、語り合っていた。二人の足に挟まれたピエロは、縮れっ毛のスピッツのいつもの楽しげな様子で、ピンクの尖った鼻面を二人に上げげた。小柄で、がっしりして、角ばって日焼けしたいかつい顔、知的な目をしたヴァンドモアはイヴの方に身を乗り出した。

「考えてみろ、なあお前、考えてみろよ、パリから離れて、戦後の馬鹿気た難しい生活から離れて……あっちじゃ、絶対に自分の足で立つんだ……やることをその十本の指で感じるんだ、それがつまり本当に自分で創り出す仕事ってもんだ……いいか、三年前あの村には馬が二十二頭いた。今は百七十五頭だぜ……すげえだろ……ああ！　俺の夢はあの村をハパランダ＊に繋ぐ鉄道を創ることさ。今は俺たちの製品を馬とトナカイの力を借りて流さなきゃならん……鉄道は財産になる、成功は保証されてる、分かるか？」

＊　スエーデン北部ノールランド地方の商業都市、フィンランドのトルニオに隣接している。

「分かるとも」イヴは大声で叫んだ。「そいつぁ素敵だな」

「そうだ、素敵だぜ……ああ！　イヴ、俺と一緒に来い……お前、こっちにいてどうなる？　うだつは上がらず、見通しは暗く……オフィスや勤め人のこせこせした暮らしがお前のためか？　あっちじゃお前がお前のご主人さ、イヴ……それに、分かるか？　あの工場は、今はなんでもない、えらく小っちゃい、だがどんどん大きくなるぞ……毎年子どもみたいに成長するのを見るのは素晴らしいぜ……説明してやろう……知っての通り、俺たちはマッチを製造してる……それでだ、外貨が必要な政府からただ同然で買うあの無尽蔵の森、あれは梱包箱に至るまで必要な木材を全部供給するんだ、分かるか？」

　彼が挙げる数字を、イヴは目を輝かせて聞いた。

「がむしゃらに五年働けば、お前のかつての財産が再建できるぜ……分かるな、俺は話を盛っちゃいない」

「分かってる」

大きな沈黙が二人の友人間に落ちた。

「どんなにお前が羨ましいか！」やっとイヴが言った。

「だったら、来いよ……」

相手は答えず、肩をすくめた。

ジャン・ヴァンドモアは彼に身を寄せ、探るように見た。

「女か、どうだ？」

「女だ」

「それがどうした？　つまらんことが」

「辛いんだ」

「ほう！　何よりもまず自分たちのことを考えなきゃいかんぞ」

「俺には無理だ」

「可愛いペットか、人形か？」

「いや本当の女だ。献身的だし、生まじめで、優しい……無理なのはそのせいだ……」

「哀れな奴だな、馬鹿気てる……」

「よく分かってるさ」

「聞けよ」ヴァンドモアは改めて言った。

「もうじきイギリス人と契約を交わす……だがもしお前が〝うん〟と言うなら、そっちはお払い箱にする……お前が約束さえすれば、向こうで待ってるぞ」

「約束はできん」

「来ないのか？」

イヴは言葉もなく、火を見つめた。

ヴァンドモアが立ち上がった。

「仕方ない」ちょっとため息まじりにやっと言った。「じゃ、さらばだ、元気でな」

二人は抱擁を交わした。イヴの顔から血の気が引いていた。

立ち去る前に、ヴァンドモアはもう一度言った。

「聞けよ、いつか、うまくいかなかったら……分かるもんか……来ると約束しろ」

「約束する」

「よし……さらば……」

一人残って、イヴは暖炉の方に戻り、ひざまずいて、ピエロの頭に自分の頭を乗せた。深いため息、涙のない男の乾いた悲痛な嗚咽とともに。

「おい、おい」ピエロのふさふさした毛並みに口を埋めて、彼は呟いた――ああ！　どんなにいいだろう……さあ、思ってもみろ――野生の自由な暮らし、雪の中で、深い大きな森の中で、狩猟、仕事、脳みそと同じくらい筋肉を使う健康な仕事、自由……お前を連れて行くぞ……ああ！　木の家の夜の休息、静寂、雪の上の月、ジャンが語るでっかい星、こっちよりもでっかくて、もっと輝いてる……労働に疲れて腕はくたくたになったって、心は自由で、満ち足りてる……おい、なんて夢なんだ！……

絨毯の上にヴァンドモアが彼に見せ、忘れたか、わざと残していった小さな写真が目に入った。彼はそれを取り上げた。平原、木の掘っ立て小屋、トナカイに繋いだ軽そうな橇、縦の林、透き通った丸い湖、白樺がそれに映って……

彼は長い間それを見て、それから暖炉に投げ捨てた。

〝ドゥニーズ、愛《いと》しいドゥニーズ〟彼はため息をついた。〝君には絶対分からん、俺が君のために何を犠牲にするか〟

15
エゴイスト

イヴが一時間以上遅れてドゥニーズの家に着いた時、彼女は窓辺で身をすくめ、咽び泣いていた。最初、彼はぎょっとした。

「ああ、ドゥニーズ、どうした？　何かあったのか？」

彼女は口をきけず、身振りで否定した。彼は彼女を抱き寄せようとした。だが彼女は怒りで硬くこわばった両腕で彼をはねつけた。

「……エゴイスト、エゴイスト……私、気が狂いそうだったわ、何か分からないけど、災難や事故を想像して……でも違ったのね、あなたここに来たのね、釈明さえしてくださらないで、一言もなしに……」

「君はその時間をくれないじゃないか」彼は突然険しくなった目で、冷ややかに彼女を観察した。

「何も言わずに、私をほっといて。あなたは意地悪で、卑劣で、残酷だわ……あなたに権利なんかないのよ、分かる？　こんなふうに私を苦しめる権利は……」

彼女は息を詰まらせた。彼は戸口の方に向かいかけた。

「ドゥニーズ、君はおかしくなっちまったようだ……さよなら、君がもっと落ち着いたらまた来よう」

その時、彼女は本当に傷ついた獣の呻き声を上げた。

「イヴ、イヴ、私を見捨てないで……行かないで、イヴ……」

狂気に震える手で、彼女は彼の服、腕、首にしがみついた。彼は彼女を強く掴み、胸に抱き留めた。抱擁は愛撫よりも暴力めいていた。それでも少しずつ、彼女は落ち着き、乱れた心臓の鼓動も静まった。涙に濡れ、動転して、死んだように蒼ざめた哀れな小さな顔を彼の方に上げた。

「イヴ……」

それから静かに、おずおずと、彼女は哀願した。

「私を許してくださるでしょ、ね？」

彼はちょっと肩をすくめ、憐れみと愛情と軽蔑が入り混じった言い難い表情で彼女を見つめた。

二人は暗がりの隅の長椅子に窮屈に身を寄せて坐った。暖炉では時折薔薇色と銀色の熾火が爆《は》ぜ、きれいな炎を放って、直ぐに消えた。

ドゥニーズはイヴの胸に額を寄せ、心地よい弛《ゆる》み、女がひどく神経を高ぶらせた後の一種気だるい快感を味わった。時折、嵐の後の波のうねりのように、噎《むせ》び泣きが全身を揺さぶってはゆっくりと静まった。さっきあれほど重かった心も、氷の塊が水に溶けたように、今は、軽く感じられた。塩辛い水が知らぬ間に瞼の端を濡らしていた。

こっそりと、彼女はイヴを観察した。

彼は疲れ切り、重苦しい眼をして、おし黙っていた。

「絶対に、絶対にもうこんなまねをしちゃいかん、ドゥニーズ、分かるな？」

彼はようやく小さな声で言った。

鎮まりきっていないドゥニーズの心の中で、古い怨念がピクリとした。

「さっきまでどこにいたの？」ほとんど憎しみのこもった口調で彼女は尋ねた。

「どうしてもっと早く来なかったの？」

「友人といたのさ」わざと冷たく、他人ごとのように彼は答えた。

彼女は口にする勇気がなかった——〝あなたを信じない〟と。だが彼は、彼女の唇が苦くきつく、かすかにひきつるのにはっきり気づいた。思わず後ずさりし、身を強張らせた。二人の間に一種の押し殺した敵意が生まれた。彼女はそれを感じ、キスと愛撫で、呪いのように祓《はら》って欲しかった。だが彼は顔を引きつらせ、押し黙り、手を動かさぬままだった。

その時、彼女は呟いた。

「イヴ、あなたは私を愛しているの？　愛してるって言って……私にはあなたが本当に大切なの。私に言って、私に話して……」

頑《かたく》なに、彼は黙りこんでいた。彼女は明かりのない部屋の中の哀れな鳥のように、閉じた扉に激しくぶつかって、傷む頭を無暗《むやみ》に叩きつけているような気がした。それでも、不器用な女の恐るべき強情さで繰り返した。「私に言って、私に話して……」

やっと彼が答えた。

「何を話せばいいのか、ドゥニーズ、愛しいドゥニーズ。静けさ、休息、愛情を僕にくれ……この額に、この心に君の手を感じて、自分の側で笑う君の優しくて若々しい声が僕には必要さ……だけど、僕には無理だ、愛という言葉は言えない……思ってくれ、どれだけ長い年月僕が黙ってきたか……無理やりきれいな嘘を言わせるな……いやだ……僕はひどく疲れてる……休息をくれ……僕には休息が必要なんだ……」

「でも私は」彼女は憤然と言った。「私はそういうのが全部が必要なの……私が一番きれいだ、一番大切だ、たった一人の女だ、って言ってもらうことが私には必要なの。私には言葉が必要なの、もし嘘と分かっていても……それが私には必要なのよ……」

「君が僕に求めるものを、僕は君にやれない。僕のせいじゃないんだ、ドゥニーズ。僕は金と同じくらい感情が乏《とぼ》しいんだ、分からんが、多分……でも君にやれるものは全部やってるぞ……」

「それは大したもんじゃないわ……それだって、私は辛いのよ」彼女は小さな声で言った。

「それじゃあ」彼女をそっと押しのけながら、彼はため息をついた。「僕たち、別れよう」

突然、冷たい異様な感覚が彼女を凍りつかせた。

「本気で言っていないでしょ?」

「君を不幸にしたくない」

「ああ! あなたを失うよりあなたに苦しめられる方がどれだけいいいか。あなた、よくそれを知ってるくせに……」

静かに、彼女は熱い頬を彼の頬に寄せた。

「エゴイストね」彼女は悲しく呟いた。怒りはなかった。

「エゴイストめ」疲れた奇妙なため息をつきながら、彼は答えた。

二人は言葉もなく、抱き合ったままでいた。彼は遠くを、彼女は彼を見ながら。

16　いまいましい人生

イヴは自分の部屋の扉を押した。閉める前に、いつもの晩のように、調理場の暗がりの方に生気のない声を投げた。

「風呂だ、頼むよ、ジャンヌ……直ぐにな」

それから一番手近な肘掛椅子にへたり込んだ。

夜の入浴は、オフィスに出かける前に取る時間がなかった入浴の代りだった。朝は、ろくに暖まっていない浴室で、震えながら、冷たい水で急いで顔を洗うことで我慢しなければならなかった。その間、八時の鬱陶しくどんよりした僅かな陽の光が、窓の向こうの木立、空、屋根、どこまでも続く家々を物悲しく包んでいた。四年この方、イヴは目覚めに自分を捕える震え、軽い胸の痛み、あくびをし、伸びをしたい神経質な欲求に未だに慣れることができなかった。それは警報が暗黒の中で自分を起立させ、乱暴に夢を断ち切った、塹壕の夜を思い出させた。言いようのない不快感、消耗感は一日中残った。彼は熱く、かぐわしいお湯の溢れる深い浴槽にようやく疲れた体を浸す自由な瞬間を思い描いた。学校に閉じ込められた生徒が、ランプが照らす夜の家族の食卓の湯気の立つスープを目に浮かべるように。彼にはそれが、日中の埃と共に、疲労、嫌な気分、心配事、それに大嫌いなオフィスの物理的、精神的な雰囲気を一掃してくれそうな気がした。

正に今日は、日常の仕事が普段にも増して特別辛く思われた。時間は女のようにきりきりして、暴君的な圧力で彼にのしかかった。朝から小粒の雨が歯ぎしりしたくなるひっそりと執拗な音をたてて窓を叩きながら、陰気に、静かに、ゆっくり降っていた。イヴが顔を上げたとたん、ぬかるんだ暗い通りが目に入った。光る傘の下ですぼめた悲しい背中が、見えない手に狩りたてられる家畜の群れのように先を急いでいた。大きなネオンサインが暗い空の中で回っていた。五時頃、雨が止んだ。地平線に薔薇色の明るい帯が現れ、一瞬、濡れた通りに反射して、アメジストのように輝いた。だがオフィスの中に緑の傘付きのランプが灯ると、外は、たちまち夜になった。タイプライターのかちゃかちゃいう音、インクの匂い……屈めたうなじと背中の疼痛、ちくちくする瞼……絶えず増えていく数字の行列……一向に減らない書類の山、それはドイツのおとぎ話の小鬼の金袋のようだった。日没に流れのきらめきと戯れる老いたるラインを捕まえておくために、千年、更に千年の間、絶えず空《から》にしてはいっぱいにすることを強いられた袋……周囲のいつも同じ顔ぶれ、仕事に打ち込む熱心な勤め人たち……自分の部下には一生の夢と思えるかも知れない、月給二千五百フランに見合ったこの窓際の席が、どうして自分には寄宿舎で同時に監獄に等しい代物《しろもの》なのか、彼にはどうにも理解できなかった。

隣の机ではモーセが、恋人の手紙を読み返す恋する男のように、貪るような目つきで数字を調べていた。金持ちでおしゃれな若いユダヤ人で、細く青白い顔、長くとがった鼻をしていた。ポンドの上昇かハイチ市場のサトウキビの下落を記した最近の総会のレポートを整理していた。モーセは同じ仕事を、同じ驚くべき精力と同じ熱心さでどんどんこなした。イヴは彼が羨ましかった。ある日、上司が自分に言ったことを思い出した――この男もユダヤ人だが、古い家柄で、ほとんど下品な鼻と汚い灰色の髭をしていた――「アルトゥルー君、君に欠けているのは一滴だ、我々の血のほんの一滴なんだ……」

彼は毛の生えた柔らかい手の仕草とゲルマン訛《なまり》を思い出した。

〝……ユヌ　クウドゥ　ユヌ　ドゥードゥ　ベディドゥ　クウドゥ*……〟

＊　原文 une goutte,une toute petite goutte（一滴、ほんの一滴）のゲルマン訛を揶揄的に真似た表現。

彼は陰気に、ちょっと笑った。

〝もしかして、あいつが正しかったのか、あの畜生が？〟

彼は日中の記憶を棄て去れないのに苛立った。それは記憶にしがみつく馬鹿気たルフランのように、あるいはもやもやした眠りから追い払えず頭の中で消えない悪夢の断片のように、疲れた彼の心にこびりついていた。

いらいらして、彼は指の骨をぽきぽき鳴らした。

〝……いまいましい人生だ……〟

それから、怒って呼んだ。

「ジャンヌ、おい、風呂は？」

ジャンヌが忍び足で入って来た。ちょっと耳が遠く、話しかけると、庶民の女の虚ろで、疲れて、観念した目を瞬《またた》かせながら、狡猾そうな尖った顔を前に出した。

「御用ですか？」

「風呂だよ」

彼女は驚いて言った。

「でも、ムッシュ……ガス給湯器が今朝故障したのはよくご存知でしょう……」

「それで、修理人を呼ばなかったのか？」

「呼びました、ムッシュ」

「それで？」

「それで、ムッシュ、来なかったんです」

彼は彼女を乱暴に馬鹿呼ばわりしようとして口を開いた。あまり忍耐強くなかった。だがしらっとした生気のない顔を見ると恥ずかしくなり、手でうんざりした仕草をするだけにした。

「いいだろ……たらいを用意してくれ……なんで暖炉を消しっぱなしにしたんだ?」彼女は呟いた――「忘れてました」それから燻《くすぶ》って燃えようとしない湿った薪を吹くために大儀そうに跪《ひざまず》いた。それから言った。

「薪の蓄《たくわ》えがなくなってしまいますよ……ムッシュがお金を渡してくださらなかったから」

「かまわん、かまわんさ」彼が話をさえぎった。

彼はジャンヌが調理場で沸かした洗面用の水差し二杯のお湯でどうにか間に合わせた。それからパジャマを着て、暖炉の側の一人前の夜食の前に身を落ち着けた。ピエロが足元に寝そべり、眠りながら夢を見て、静かに息をはずませていた。

彼はゆで方のまずい半熟卵と一切れのガランティーヌ[*1]を味気なく食べ、ジャンヌがこれが最後の一瓶だと言いながら持って来たモンラッシェ[*2]を一杯飲んだ。それから彼女は上の階に眠りに行った。がらんとしたアパルトマンの中で、時計が心臓のように打った。イヴは、ごく若かった頃、人気《ひとけ》のない部屋の静けさがどんなに好きだったか思い出した。あの頃、孤独は強烈な苦いリキュールのように彼を酔わせた。今、それは恐れに似たざわざわした思いを彼に呼び覚ました。真夜中、ジャンヌが六階で寝ている間に、発病し、窒息し、喘《あえ》ぎ、空しく救いを呼ぶことがあるかも知れないと、心ならずも、想像することがあった。自分の臆病さが恥ずかしかった。だが部屋の片隅やカーテンの襞に積もった暗がりを見ると、思わず、身震いした。そんな時、人はどうして結婚するのか、はっきり理解した……〝そんなもの〟――一人の存在、スカートの音、たわいないことを話す誰か、機嫌が悪い時は理由もなく不満をぶつける誰か、黙っている時もそこにいる誰かを持つためだ。それにしても、不思議なことに……そういう時に彼が思い浮かべるのは決してドゥニーズではなかった。結局、その関係は彼にとって苦役《くえき》以外のものではなかった。一定の時間、優しく、夢中になり、情熱的でなければならなかった。暑い日のしつこい蠅のような、無数の些末な心配事に気を取られながら、素敵な話をし、微笑み、愛撫しなければならなかった。こめかみがずきずきする時も、ドゥニーズの気遣わし気な目を見ないために、いつまでも続く悲しい質問――〝どうしたの？　何を考えてるの？　私を愛していないの？〟を聞かないために、話さなければならなかった。彼はあの若く、美しく、善良で、魅力的な、笑いと幸せと愛のためにできた女性を、こせこせした心配事を聞かせる相手にしたくなかった。そもそも、恋人はロマンチックな大きな悩みを慰めることはできるが、〝ああ税金を払うのに三百フラン足りない、ジャンヌは給湯器を直すのをまた忘れた、家具が埃を被ってる、厚手のモチーフを繋ぎ合わせたレースのカーテンが破れた、いつの間にかぼろぼろになった絹の肘掛け椅子を取り変えなきゃならない、だいたい下着、ベッドのシーツ、靴下を買う時間もない〟などという男の話を延々と、辛抱強く聞くことはできないと彼は思った。そこで黙っているか、当たり障りのない話をするか、正確に言って嘘ではないが、発することを強制されるように感じるのでひどく疲れるきれいごとを言うしかなかった。

＊1　子牛・鶏などの骨抜き肉を詰め物にして煮た料理。
＊2　ブルゴーニュ産の白ワイン。

彼はひどく苛立たしく思った。〝彼女といると、いつも心にタキシードを着なきゃならん。それはもう俺の力に余るんだ、悲しいかな……〟

それから十時ごろ彼女が電話すると約束していたことを、期待より諦めとともに思い出した。彼女は多分、芝居か、女友だちの家に行くと口実をつけて、この家に来るだろう。彼はため息をついた。なんと奇妙な……彼女と会うと確信している時、彼はできる限り会う時間を遅らせた。彼が感じていたのは、正確には、倦怠ではなく、欲望の不在だった。時間を遅らせたくて、街路をぶらつき、遅れる口実をあれこれ考え出した。彼女の存在、愛情、恋を確信しきっていた。ところが、再び彼女が恋しく、不安で、切ない焦燥感で一杯になるには、ドゥニーズに突然何かの支障が生じるだけで充分だった。少しでもドゥニーズの体調がすぐれないと、彼はうろたえ、苦しみ、甘やかし、優しくなった。彼女が苦しんでいる時、彼の体は痛み、彼女から離れられなかった。にわかに彼女が世界の何よりも大切になった。だが翌日彼女の体調が戻ると、彼はまたその愛を重荷のように引きずり始めた。

この夜、電話が鳴るのを待ちながら、彼はテーブルの前に坐り、湿った黒い鼻をしつこく手に押しつけてくるピエロを押しのけ、ため息をつきながら、書類の束を前に引き寄せた。

支払い済みか未払いの請求書、仕立て屋の見積書、ジャンヌのメモ帖。月末に向かって、必ず数百フラン不足した。二十日ぐらいに、仕方なく、時間をかけて、ややこしい家計の見直しをやったが、またしても、自分に課した節約の誓いを守れなかったことが分かり、うんざりして終えた。給料の二千五百フランで、同僚の何人かは、結婚して、父親になって、立派に生活しているようだった。だがイヴは決まって、毎月初めから終わりまでぴいぴいしていた。その原因――朝、事務所に遅れないために使うタクシー、贅沢な煙草、高価すぎる服、あまりに頻繁で、気前の良すぎるチップといった金のかかる習慣が、いかに家計のバランスを危険に曝すか、彼は完全に理解していたと言ってよかった。分かってはいたが、それを棄て去る力がなかった。余計なもののために、必要なものを犠牲にする方が良かった。とは言え、彼はそれに苦しんだ。ボヘミアン的根性は持ち合わせなかった。もう無頓着でいられるほど若くもなかった。二十歳の歯だけが一切れの乾パンに喜んで齧《かじ》りつく。

彼はため息をつき、書類を押しのけ、頭を両手で抱えた。十時を過ぎていた。ドゥニーズは多分、電話してくるまい。彼は失望よりもほっとするのを感じた。部屋の奥に灯ったランプが、夜のために用意されたベッド、白いシーツを照らしていた。布の爽やかさ、ふんわりした枕、一人寝の安らぎ、穏やかさ、静けさをうっとりと思い描いた。ああ！　金の蜜蜂を刺繍した緑のサテンのずっしりした掛け布団を引き寄せ、その下に身を横たえる……それは帝国上院議員だった大叔父のものだった、煙草を着けて、ベッドから手の届く螺鈿《らでん》と鼈甲《べっこう》を象嵌《ぞうがん》した回転テーブルの上で、何度も何度も読み返した好きな古書を一冊選ぶ、しばらくページをめくって、それからランプを消し、壁際に寝返りをうって……眠る……目が重くなり、痛んで……彼は眠りたがらない子どものように目を大きく見開いた。電話の呼び鈴が鳴り響いた。彼は受話器を取った。やはりドゥニーズだった。

「イヴ、一時間後にペロケで合流しましょ、ね？」

「いや、冗談じゃないよ」まず彼は言った。

彼女は彼が哀れみと一種の恥ずかしさを感じるほどひどくがっかりした、慎ましい、小さな声で懇願した。

「ああ！　お願いよ、イヴ、いらして」

〝俺が九十八歳って言われりゃ、なるほどその通りだな〟彼は思った。諦めて、ため息をついた。

「いいよ……じゃ、あとで、ドゥニーズ……」

ピエロが尻尾を振りながら彼を見ていた。そして金色の目を促すようにベッドの方に向けた。こう尋ねるように――〝さてさて？　どうして寝ないの？　もう遅いじゃないか……明かりを消したら、僕は暖炉の側の好きな場所に身を落ち着けよう、ジャコウネズミの素晴らしい匂いのする毛皮の上だよ。あんたは感じない匂いだね、人間は不完全だからね……炎の光が天井まで踊って、それから消える、それで、あんたが眠っている間、僕があんたを見守ってあげよう……僕たち二人切りで、静かに……〟

だが、イヴは寒いアパルトマン中をうろついた。眠気で痛む目で、箪笥と押入れの暗がりの中に、ジャンヌが決まって毎週場所を変える様々な装身具を探しながら。夜会用の礼服、絹の靴下、糊のきいた固い胸当て、それに、黒い透かしのイニシャルの入った白いデシン*の大きなマフラーを。

＊ 中国製の縮緬（ちりめん）を参考にフランスで作られた生地。

17 虚飾

ペロケでは、ジュッサン夫妻、イヴ、フランシュヴィエーユ夫人、それにジュッサンの友人のイギリス人、クラークス夫妻が赤いビロードの長椅子に腰かけていた。クラークス氏は赤毛で、身のこなしが軽く、細身だった。クラークス夫人は背が高く、薄い胸、テニス選手の逞しく日焼けした腕をしていた。きれいでとても柔らかい、ちょっと白髪混じりの金髪で、動作はぶっきらぼうで荒っぽく、声は鳥のように甲高かった。

昨夜ロンドンを発ってパリに一時滞在中の夫妻は、ルーブル（美術館とデパート）、ノートルダムとモンマルトルのピガールを十把一からげに賛嘆する異邦人らしく、素朴に、あっけにとられてペロケを眺めていた。

ペロケはこの晩超満員だった。しかも光景は見事だった。ホールはこういう所にしては通常より大きく、天井が高く、広々として、風通しが良かった。女たちは——まだ比較的早い時間だったが——羽根を多彩に塗ったオウム*が飾られた壁の間を多少とも気楽に動き回っていた。彼女たちは皆とても美しく見えた、この女たちは……だが遠くから、やはりとても遠くからの話で、近くからは、反対に、ほとんど稀な例外を除いて、ひどく醜く見えるのに驚かされた。お化粧の下はしおれ、足は窮屈過ぎる靴に締めつけられ、背中は肥え、腕は白粉をごてごて塗っても赤らんでいた。イヴは一種残酷に楽しみながら、長い間、女たちを目で追った。彼女たちはミモレ丈のドレス、少年のような髪型をして踊り、不意に、年老いた嘘つき女の顔を、無警戒に、彼の方に向けた。隣のテーブルでは、年齢不詳のアメリカ女が、ピエロの服を着た人形を腕の中で静かに揺すりながら、しなを作っていた。骨ばった肩に飾った真珠は、襟元の垂れた肉の中に没していた。厚化粧の下で、目の下のたるみが膨らんで不気味に浮き出ていた……他の一人は顔が大きく、小人の体をしてなんとなくヒキガエルに似ていた。素晴らしいドレスの襞にくるまって、人喰い鬼の恐ろしくも優しい眼で、不運な少年をいとしげに眺めていた。少年は二本の触手のような腕に抱きすくめられ、呆然とし、怯え、観念していた。イヴは知りもしない全ての女たちを激しく嫌悪した。

＊　ペロケ perroquet はオウムの意。

だいたいこの晩、何もかもが彼をうるさがらせ、うんざりさせ、いらいらさせた。ジャズバンドの耳をつんざく音楽、黒人の癲癇《てんかん》じみた笑い、小さな喚声、短いドレスを着たばあさんどもの卑しい顔、愚にもつかない戯《ざ》れ事の全て、無理強いされた陽気さ、何もかも——屈託なく、にこやかで、銀色の靴、照明にほのかにきらめく白いドレス姿が豪華なドゥニーズまでもが。彼女は楽しそうに笑っていた。一方彼は憤激し、悲痛に苛立っていた。喉が渇いていないのに飲み、笑いたくもないのに笑い、全てを追っ払いたい密かで暴力的な欲望に逆らって、礼儀正しく、にこやかに振舞うことを強いられて！……ナプキンの下で、自分の足を探るドゥニーズの細い足を間近に感じた。彼は刻々と増えていくテーブル上のシャンパンボトルの数を不安な思いで目で追いながら、気もなくそれに軽く触れて返した。

不快にちょっと身を震わせ、彼はもうジュッサンかクラークス氏に心ならずも、さりげなく言わねばならない避け難い瞬間に備えた——「ところで、私の勘定は？」丁重なお断り、自分のこだわり、相手の気のない返事、微笑んで財布に手をやり——月給の四分の一に当たる数字——百フラン札を何枚か給仕長に渡す、それから鷹揚《おうよう》に煙草に火をつけて……一月《ひとつき》で、これが五回目の小さな祭典だった……

人形売りの女が通り、篭の中の小さな麻屑の男女の人形を見せた。ピエロ、コメディア・デラルテ、絹とビロードの飾りを着けたスペイン人の扮装をしていた。クラークス夫人、フランシュヴィエーユ夫人、ドゥニーズが手を延ばし——この大きな子どものおもちゃは大受けで、ジュッサンはそれを三つ買った。

ドゥニーズはイヴの方を振り向き、うっかり声を上げた。

「ああ、フランセットのために一つ買って！」

眉一つ動かさず、イヴは財布を出した。その時、彼女は思い直し、赤くなって、彼に払わせまいとし、口ごもり、うろたえた。その間にイヴは女に百フラン札を二枚渡し、釣り銭を受け取らなかった。それからちらりと笑って、ドゥニーズに人形を差し出した。だが彼女は彼が不機嫌な時にする、冷たい作り笑い、きつい眼差し、頑なで、辛辣で、悲し気な表情をあまりにもよく知っていた。自分が彼の臆病な自尊心を傷つけたこと、不用意にも自分の貧しさを彼に思い出させてしまったことが分かった。（ずうっと、人生が面倒を見てくれなかったとばかりに！）だが、それは彼女の落ち度ではなかった。彼女は考えもなく行動した。誰にであれ、たった二百フランが重大な金額だ思うことに彼女は慣れることができなかった……にも拘らず、自分を引っぱたきたかった……ひどく慎ましく身を縮めた。だが自分がへりくだると、なお一層彼を苛立たせるだけだとすぐに気づいた。気を引くように、そっと彼に話しかけ、長い睫毛《まつげ》を伏せて彼を盗み見た。彼は勿体ぶった礼儀正しさで彼女に答えた。

少しづつ、知らぬ間に、陽気で元気な彼女が刺々《とげとげ》しくなった。いつもそんなふうだった。最初は彼と一緒の姿を見せるのが嬉しかった……女たちは、明らかに、彼の洗練された、美しい姿形に見とれていた……ひそやかな熱い誇りを込めて、ごく小さな声で繰り返すのが嬉しかった。〝私のもの……彼は私のもの……〟それからとても緩《ゆる》やかに、何やかやの理由で、彼女の心は重くなり、漠たる不安が全てにのしかかった。騒音に悩まされ、ダンスに疲れた……喉に込み上げて息を詰まらせる、苦く、不条理な小粒の涙を呑み込む程、彼女は度々自分を不幸に感じた。イヴの眼に押し殺した愛情を、唇に抑えた欲望を読み取りたかったが……他人たちは、群れの中にいても自分たちが繋がっていると感じている……二人はとても遠かった、互いにとても遠かった……いつも、二人の間では、根気よく手入れして何度かやっと織り上げた古いレースのような、とても珍しく、とても貴重で、か細い親密さの幻想を世間がぶち壊した……

それは彼女のせいだったか、それともきっと男のせいなのか？　彼女には分からなかった——彼女は顔を伏せた。

彼女の周囲では、黒人の野性的で悲しい音楽が笑い弾け、同時に泣いていた……〝道化師が咽び泣いてるわ〟ドゥニーズはなんとなく思った。落ち込んだある時には、輝く歯をした黒人が力いっぱい叩き出す大ドラムのこもった音は、名演奏家が奏でる弓の音《ね》よりも巧みに、残酷に、彼女の心を引き裂いた。光景が変っていた。髪を乱した女たちは光る鼻や汗をかいた頬に白粉を塗るのを忘れていた。男たちのすぼめた眼の中に小さな炎が灯った。ちょっと酔ったカップルたちはもう踊らず、興奮した体を互いにこすり合わせながら、その場で足踏みしていた。なんとなく呆けた物憂さが皆に襲いかかった。フランシュヴィエーユ夫人は、通りかかる男たちが投げてよこす多彩なカラーボールを気にもかけず、テーブルに肘をついて煙草を吸っていた。クラークス夫人とジュッサンはゴルフ、ホッケー、ポロの話をしていた。イヴは黙って、物思わし気に木のマドラーでシャンパンをかき混ぜていた。一人クラークス氏だけが、ほどほどに酔って、心から楽しんでいた。ピンクの紙の帽子を被り、顔を真っ赤にして、不正確なおかしなフランス語でドゥニーズに言い寄り始めた。素朴な言葉は突然の露骨な欲望を隠しきれなかった。彼女は彼に話をさせておいたが、ほとんど聞いていなかった。ごくひっそりと、激しく、この男の死を願った。音楽は止まず、踊り手たちはその場で体を揺すり続け、照明は女たちの宝石をきらめかせた。

「素敵だな、全てが豪華で」

本当に確かな趣味は持ち合わせないジュッサンがそう言いって、イヴの方を振り向いた。

イヴはきっぱり答えた。

「いや、罪だし馬鹿気てる」

それから思い直して、苦笑した。かつては、彼もこんな全てが普通で、楽しいと思っていた。かつて、祭りに参加できた頃は。今、彼はモラリストを演じていた……だが、これは演技じゃない、と彼は思った。本当に、彼の心の奥底には何年も前から、一種の嫌悪、苦い倦怠が住み着いていた、戦争以来か?……執拗に……〝けちな世紀病みたいだ、ロマンチックな言葉なんかないぜ〟彼はなおも思った。

彼の周囲では今、相談が始まっていた。クラークス夫妻はモンマルトル、それから中央市場で夜を終えたがった。先ずはロシア風キャバレーからと決まった。

「あなた、来るでしょ?」ドゥニーズがとても小さな声でイヴに言った。

彼は恐ろしくはっきりと数字を思い描きながら、唇を噛んだ。

財布は完全に空っぽだった。顔を振った。

「ドゥニーズ、ひどく頭痛がするんだ……」

彼女は彼に懇願し始めた。こんなふうに言葉もなくそっぽを向いて別れる、明日まで、記憶の底に冷たい眼差し、不機嫌な答えを持ち続ける！　それは彼女の力に余った。彼女は蒼ざめた。

「お願いよ、お願い……」

彼は押し殺すように呟いた――「ああ！」彼はこわばり、苛立っていた。彼女はひょっとして、うるさくつきまとうクラークスに彼が嫉妬しているのでは、と思った。

彼女は言った。

「あなた、まさか、あのお馬鹿さんのせいでご不満なんじゃないわよね？」

彼はほとんどあざ笑った。

「いや違うぜ、おい……」

この侮蔑は平手打ちのように、彼女を激しく撃った。彼女は真っ赤になった。

「じゃ来ないで……ほんとは、私だってその方がいいの……あなたはいつだって私の歓びを台無しにするんだから……」

涙が溢れ、彼女の声はしゃがれていた。彼は冷淡なお詫びの仕草で頭を下げた。

「分かってる、信じてくれ……とても残念だ」

外に出た。外では激しい雨がアスファルトを叩き、烈風がガス灯の炎を苛《さいな》んでいた。「君の家に送ろうか？」にわか雨の下でなお一層ピカピカに輝く黒い車が来ると、ジュッサンが申し出た。

イヴはジュッサンの声に同情にひどくよく似た調子があるのに驚いて、本心から断りたかった。だがニスを塗った自分の靴に目をやり、凍えて、濡れそぼって、インヴァネスと絹の帽子姿の滑稽な自分が、驟雨の下、おぼつかないタクシーを探して駆け回ることを思って、意気地なく受け入れてしまった。

彼を自宅の門前で降ろし、車がピガール広場に向かって遠ざかった時、クラークスが尋ねた。

「なんでアルトゥルーさんはわしらと一緒に来ないんだい？」

ジュッサンは肩をすくめた。妻のお気に入りがどんな苦労をしているか、彼にはよく分かっていた。

「金がないんだ、気の毒な奴さ」自分自身と自分の富を意識し、それに満足している金持ちの、無意識に思い上がった笑いとともに彼は言った――「困ったもんだよ、あれでひどく誇りが高くてな！　それで、本当に、悪い奴じゃないんだ。それにしたって、俺たちはあいつに払わせたりしないってことを分からなきゃいかんのに……」

ドゥニーズは、いきなり、息ができないと訴えながら、車のガラス窓を下げ、雨もお構いなしに、顔を紅潮させ、外に身を乗り出した。自分の恋人に同情する夫を、彼女は憎んだ。コートの隙間から、首にかけたダイアモンドの首輪を手できりきりと鷲づかみにした。突然、ライトが光って車の中を、強い薔薇色の光で照らし、暗がりの中のダイアモンドが火のように輝いた。ドゥニーズは歯を噛みしめた。自分からダイヤモンドを全部むしり取って、イヴに投げつけ、言ってやりたかった――〝これを受け取って、ただにっこりして……〟

だが幸福を買うことができるだろうか?

そして同時に彼女は彼を恨み、それを恥じた、それでも彼女は彼を恨んだ。どうして彼は最も美しく、最も優れ、最も金持ちじゃないの? 彼は男、彼女が愛した男だった。彼に感嘆し、尊敬しなければならなかった。他の者たちも彼に感嘆し、尊敬しなければ……ところが彼は同情されていた。彼女はきつく唇を噛んだ。

ジュッサンが彼女に優しく心配そうに尋ねた。

「どうした? ドゥニーズ、ひどく顔色が悪いぞ」

同時に彼は彼女の手を握った。

「ああ、ほっといて」彼女はほとんど憎しみを込めて叫んだ。

彼は驚き、たじろいた様子で、身を引いた。だが彼女は寒いと口実をつけて、コートの襟を持ち上げ、そこに顔を隠した。涙が目から溢れ、口元までゆっくり流れ、そこに苦い味を残すのを、激しい苦しみとともに感じた。何分かのうちに、白粉を塗った頬に真珠のように光る涙の筋をつけ、赤い眼をして、溢れる光の中に姿を現さなければならないと思うとぞっとした。それでも涙を止められなかった。涙は流れに流れ、絹のブラウスの中、首飾りのダイアモンドの間に消えた。

18 母の誡め

やっぱり、だめだわ……その朝ドゥニーズは確かめた。まだベッドにいた。九時になっていなかった。枕元の鏡を取り、老け始めた、あるいは不幸な女たちに特有の不安な表情を浮かべて、自分を長い間眺めた。本当に、無惨なものだった。口の左端についたほとんど見えない小さな線をもの思わし気に手で消した。まだ皺ではないけれど、もうえくぼでもない、ああ！……ひそかな予告のような、怪しげで、不安な痕……

またしても嫌な夜——胸の中のほとんど肉体的な重圧感、そして恋人が自分から遠くに奪われるのを見て、涙にくれて目覚める濁ったひどい夢。彼女はため息をついた。あれはなんて遠いのかしら、恋が始まったアンダイエの輝かしい朝は！　同じように、親しい思いを込めて、平穏な幼年時代の延長のように、幸せに過ごせたかつての苦しみのない静かな日々を思い出した。今、彼女は自分から遠ざけていた——故意にか否か——夫、娘、友人たちを……激しい恐怖とともに、結局、自分にはもう世界で——そう世界中で！　イヴ以外に何もないことに気づいた。彼女がここまで苛立ち、夢中で彼にしがみつくのは、おそらくそのせいだった。孤独の恐れから生まれる恋は死のように悲痛で強い。イヴ、その存在、その言葉への彼女の欲望は暗い狂気のようになった。彼と離れている時は、彼が何をしているのか、どこにいるのか、誰といるのか想像して心を痛めた。彼の腕の中で安らいでいる時、翌日の不安は、じわじわ効いて来る毒のように、彼女の歓びに少しづつ浸み込むほど強かった。彼の胸に抱きしめられ、熱く愛撫されても、頭の中には、いつでも、あっと言う間に、ごくあっと言う間に流れ去る時間が存在した。（ひょっとしてこれが最後？）……七時が鳴ると、彼がおじけづくほど、蒼ざめ震えながら、溺れるように彼にしがみつくことがあった。彼女がどうにか説明すると、彼は病気の子どもにするように顔を優しく撫で、嘆息した。〝かわいそうに……〟だが彼には安心したがる女の欲求、自分の存在への狂ったような欲望、それに自分を失うことへのこんな恐怖が理解できなかった。まるで自分を除いてはもう世界に何一つ存在しないかのように。だが、この渋くも味わい深い苦しみの時さえも稀だった。大抵の場合、二人の関係は、パリの不倫カップルの四分の三がそうであるように、六時と七時の間の束の間の逢瀬、イヴが事務所を出て、取るに足りない会話をして、中途半端な愛撫を交わすことに限られていた……土曜日の午後、愛の行為、沈黙、ワインを飲むように自分のために愛人を抱く男の夢中になった、意地の悪い仮面……ほんの些細なこと、ほんの些細な……単調さ、困惑、不安、悲しみ、鋭く大きな痛みがそれを断ち切り、それからまた、困惑、不安……ほんの些細な、ほんの些細な歓び……彼女は深く落胆して俯いた……去年の夏、フランセットは浜辺で、泡をちょっぴりすくい上げようとして、何度か海に両手を沈めて楽しんでいた。手のひらを互いに寄せて、嬉しそうに叫んだ。それから小さな足で全力で彼女に駆け寄った。だが指を解くと、もうちょっぴり水が残っているだけ……その時、フランセットは泣き出した、可哀そうに……それからまた同じことをやり始めた……けれど、それなのね、恋って。

陽が燦燦と降り注ぐ六月の午前だった。心に痛い青空、若い木々、上天気の陽光を見まいと、ドゥニーズは枕の暖かい暗がりに顔を埋めた。だが軽く扉をノックする音に身を震わせた。

「どなた?」彼女は呼んだ。

母の落ち着いた声が答えた。

「私よ」

ドゥニーズは急いで顔を整え、起き上がって扉を開けに走った。見事にお化粧し、香水をつけ、若々しいフランシュヴィエーユ夫人が敷居に立っていた。

彼女は微笑みを浮かべながら言った。

「まだベッドだなんて、なまけものだこと！　食事をしようと思って来たのよ……」

ドゥニーズは母の鋭い眼差しにあまり向き合う気になれず、口ごもった。

「嬉しいわ……だけど……ちょうど外出しようと……だから……御免なさい、ママ……」

彼女はパジャマ姿で、裸足で、額にかかる黒髪の房を絶えず無意識に払い除けながら、母の正面に立っていた。ひどく蒼ざめ、ちょっと震えていた。

フランシュヴィエーユ夫人はもっと側から彼女を見て、強い調子で尋ねた。

「あなた、病気じゃないでしょうね？　ドゥニーズ」

「いいえ、違うわ……全然……」

彼女はひどく疲れた哀れな小さい声で言った。

フランシュヴィエーユ夫人は両手で彼女の顔を抱いた。

「ドゥニーズ、どうしたの？」

ドゥニーズは泣かないように唇を引き締めながら頭《かぶり》を振った。フランシュヴィエーユ夫人は優しく彼女の髪を撫でた。

「あなた、悩みがあるのね？」

答えは無かった。すると彼女は娘の目をのぞき込みながら、わざとぶっきらぼうに言った。

「イヴが浮気を？」

だがドゥニーズは抗議すらしなかった。悲しい微笑みで唇が震えた。

「ママ、私が驚くと思う？　あなたがとても頭がいい――よすぎる！　のは知ってるわ……だから私が隠せるのはほんの少し、それもひどく下手にね、私、それが怖くて……」

「彼は浮気をしていないのね？」母は念を入れて繰り返した。

「ええ」

「彼はあなたを愛している？」

「まあ！　それは……」

彼女の声はしゃがれていた。哀願するような仕草をした。

「ママ、ほっといて、ほっといて、あなたは私を助けられないわ……」

彼女は窓に近寄り、母に背を向けながら、熱い唇をガラスに強く押しつけた。だが優しい両腕が彼女を包んだ。

「ドゥニーズ、それじゃ、あなた、もうママを信じないの？」

かつて、フランシュヴィエーユ夫人は、こんな短い言葉、言うことを聞かない若い動物を静めるように顔を擦《さす》るこんな優しい仕草で、子どもだったドゥニーズのどんな我がままも収めてみせた。その後、大人になった彼女のどんな心配の種もそうしたように。またもや、母に屈服して、ドゥニーズは全てを語った……自分の不安、言い表せない苦しみ、そして何より、いわれのない不信感、夏の海辺で水平線の端から端まで広がって、終いには太陽を隠してしまう軽い雲のような、二人の恋の上空を通過する説明できない影について……

「彼があなたを愛していないと思うの？」

厳しい声を意識して和らげながら、フランシュヴィエーユ夫人は慎重に尋ねた。

「分からない……私、不安だわ……」

「でも、あなた自身は、申し分なく彼を愛していると確かに思っている？」

ドゥニーズは憤慨し、激昂して叫んだ。

「何を言うの？　ママ。もちろん私は彼に全てを捧げているわ……命の全て……思いの全て……もっとそれ以上を……いいこと、目を覚ますと、意識が戻る前でさえ、自分の中に、フランセットみたいな衝撃を感じるの……分かるでしょ、あの子を妊娠していた時のような……あの時みたいにとっても辛くって、とっても穏やかで……自分の中に、子どものように愛を宿してるって言うのかしら……あなたには分からないでしょ、ママ……」

「分かるわ、私には分かりますよ……」

「彼と会っていない時は、私、生きていない……そんなの生きてるって言えない……無駄な時間を引きずってるのよ……あなたには分からないわ……」

「まあ！　私はとてもよく分かっていますよ、あなた……」

今度はドゥニーズが質問するために声を低めた。

「分かってるって？　ママ、あなたも……恋を？　だったら私に説明して……どうして私は不幸なの？　私には美しくて、若くて、誠実な、つまり夢みたいな恋人がいるのに……それでいて、私、苦しい……私を見て。私、醜くなったわ、それは分かってるの。どうして？　恋って病気？　それとも私が〝人喰い鬼を勝手にこしらえて〟いるの？　フランセットが意地悪な妖精の話を自分にする時に言うように〝自分を怖がらせるために〟？」

フランシュヴィエーユ夫人はもの思わし気に頭を振った。

「あなたの不幸には一つの名前があるようね、エゴイスムっていう……」

「彼の？」

「あなたの、でもあるわね……」

ドゥニーズは乱暴な身振りをした。

「まあ、あなた、憤慨せずにお聞きなさい、そうしたら私が正しいって分かるでしょうから。例えば、あなたたちが待ち合わせに着く時の精神状態の違いを想像してみたら？　あなたには、朝から彼が一番気に入るドレスを選ぶ以外の気がかりはないわね、それで、彼の方は毎日のパンを得るために、心配して、へとへとになって、うんざりして、ピリピリして一日中ひどく苦しんでいるのよ……とにかくあなたにそれがどういうことか分かるかしら？　甘やかされたあなたに。それで不一致に驚くなんて！　エゴイストだわ……ああ！　あなたね、恋は贅沢な感情なのよ……」

ドゥニーズはきりきりと両手を組んだり、解いたりしながら考えていた。最後に彼女は言った。

「でも、ママ、あなたが言うことなら、私だってしょっちゅう自分で考えたわ……でもね、聞いて……私の小間使いには恋人がいるの、修理工よ。その人は一日中イヴよりもっと辛い思いをしているわ。でも彼は夜、六階の彼女の部屋に会いに来て、二人は幸せよ……他の人たちも、他の多くの人たちも、男なら誰だって！　私の夫だって、友人たちだって、皆だわ！　女とネクタイばっかり収集して何もしなかったブールジェ*の小説の主人公の時代は去ったのよ！　何にもしないなんて！　彼らは飢え死にするでしょ、ブールジェの主人公たちは」

＊　ポール・ブールジェ　一八五二〜一九三五　フランスの作家、詩人、批評家。貴族や上流階級の病理的心理分析に定評があった。

「いいえ、あの人たちだって働くでしょ、そして、とても不幸になる人たちがいるでしょうね。アルトゥルーさんは毎朝七時半に起きて、雨の降る街角でバスを待って、計算して、節約して、服従することには、決して慣れることができないでしょうね……それはあの人のせいじゃないの。〝他の人たちは？　あなたの夫は？〟ですって。でもあなたは彼を、あなたの夫を、裏切ってるじゃないの……あなたにはイヴが臆病に見えるのね……もしかしたら、そうなのかも知れない。それでもあなたは彼を愛しているじゃないの」

ドゥニーズはもう聞いていなかった。そっと顔を振りながら呟いた。

「私の愛は彼にとって、取り戻した一種の贅沢なのかしら……」

「誰に分かるかしら？　もしかして、彼があんなに苦しんでるのは正にそのせい？　侘しい部屋の中にいる着飾り過ぎた訪問者みたいに？　それでね、あなたは恋にとっても色々なことを求めるのよ、ああ！　あなたの人生はずっととても静かで、穏やかで、平坦だった……当然、あなたには恋の感動、異様な歓び、新鮮な苦しみ、それに言葉、言葉、言葉が必要でしょうね……」

「それじゃ彼は、彼には何が必要なの？」

「休息ね、単に……」

「ママ、どうしたら？」

「ああ、どうしたら？　もしかしたら、彼への愛を減らしてあげることかしら？　愛し過ぎるのは、時には、大きな失敗、大きな不幸よ……かわいそうな娘《こ》ね……それがどんなに辛く思えるでしょう、ね？　それにどんなに分かりづらいかしら？　それが人生……人生があなたにそれを教えてくれるでしょ、私に教えてくれたように……男は度を越えて愛されたくはないの、分かるわね……じゃあ、誰が最初に、それを私に分からせてくれたか言いましょう……死んだかわいそうなあなたの兄さんよ……あの子のこと、あなた、まだ覚えてる？　ドゥニーズ」

「私、とっても小さくて……ママは凄く愛していらしたわ」

「私はあの子を熱愛したわ、ドゥニーズ、熱愛できるのは息子だけとばかりに……自分が作った小さな男に驚嘆して……あなたには分からない。私が初めて生んだ子だった、私の息子……すごく美しかった……私、あの子に夢中だった……あの子をあやして、キスして、愛撫しつくして時間を過ごしたわ……ある日……あの子は二歳半だった、かわいそうに、三か月後に、死ぬ運命だったけど……私が狂ったように抱きしめると、あの子は小さな両手で私の腕を遠ざけたのよ……〝ママはあんまり強く僕を愛しすぎる、僕、息が苦しい……〟あの子はもう一人の男だったのね、ドゥニーズ」

ドゥニーズは黙り込んだ。それから、歓びもなくちょっと笑い、力を込めて言った。

「あなたがおっしゃること全て……ママ、それが私に何を考えさせるか分かる？　私にできる一番賢いやり方は、つまり、イヴを裏切ることかも知れないわ。だって彼を諦める力も、愛を減らす力も私にはないんですもの……あなたの言う、彼の息を苦しくしてしまう愛、もし私がそれを二人の人に分けたら、それが彼にはちょうどいいんでしょうね。変だし、おぞましいけれど、そういうことね……」

フランシュヴィエーユ夫人はうなずき、遠くに目をやって呟いた。

「私、ある女を知っていたわ。あなたがあなたの恋人を愛するように、不幸な女として、狂った女として恋人を愛していたわ……愛撫、気遣い、嫉妬深い愛情の力で彼を苦しめてた……彼女はほんとに全てを、心、命の全てを彼に捧げていたから、いつでも自分には何も見返りがないように思えたの。恋の最中は、二人とも、相手の利益になるように、自分の方が馬鹿な取引をやっていると思っているのよ。それはよく分かるでしょ……二人とも漁夫の利を占める者、恋を忘れてしまって……結局、二人とも苦しむのね……ある日……」

「ある日？」

「そうね、ある日、女は友だちを作ったわ、おもちゃとして暇つぶしに。恋人じゃないわよ。肉体的な不実という考えには耐えられなかったのね。一人の友だち。それで女は彼に恋をさせて遊んだわ。いやいや始めたのよ、罪もない人に八つ当たりできればそれでよかった。それから少しずつそんなことが楽しくなって……彼女、またきれいになったわ。男との関係がうまくいくと女はきれいになるのね。恋人はそれに気づいたわ。彼は気づいたことを彼女に分からせたの。彼女は後ろめたいから、もっと寛大になって、それから少しづつ、もっと無関心になって、それで彼はもっと幸せになったわけ……そういうこと……それが全てよ……」

ドゥニーズは顔を上げた。

「その人、今、どこにいるの？　ママ、その女の人は」

「ああ、とっても遠くよ、あなた、とっても遠く……」

「その人は……その人はずっと幸せだった？」

「少なくとも、誰でもなれるくらいには……与えるのはほんの少し、求めるのはそれよりもっと少し、彼女はそれを教えてくれる人生の授業を学んだのね」

「それで、その人、ただの恋する不器用な小娘だった頃を絶対後悔していない？　自分が苦しんだことを絶対後悔していない？」

　フランシュヴィエーユ夫人はぼうっとした眼をして黙っていた。それから小さなため息をつき、一瞬ためらい、それでもとうとうきっぱりと答えた。

「いいえ、決して」

19 誤解

六月の末頃、イヴは大いに困窮した。金を借り、いくらかでも埋め合わせようと、事務所の友人モーセのアドヴァイスに従って株をやった。若いユダヤ人に何千フランをもたらしたのと同じ取引が、どうして自分には、十五日間で、同じ額の損についたのか、彼にはさっぱり分からなかった。高利貸しに頼らざるを得ず、益々にっちもさっちも行かなくなり、最後に、初めにやるべきだった所に行き着いた――ヴァンドモアに手紙を書き、全てを語って援助に来てくれるよう懇願した。

彼は真っ暗な日々を送った。不安で、責め立てられ、正に暗い片隅で苦しむ病犬の状態に陥っていた。ドゥニーズの存在まで我慢ならない時があった。疲れ果てた哀れな心はほとんど平穏しか望まなかった。彼女と悩みを分かち合うには気位が高すぎ、頑《かたく》なに黙っていた。彼女も敢えて尋ねなかった。既に苦い経験から、彼が言わないと決めたことはどんな力をもってしても白状させられないことを学んでいた。

一度、彼は彼女の腕の中で眠り込んでしまった。

一晩中、彼はフィンランドからの返事を受け取るまでにかかりそうな時間の長さを計算しながら、自分の部屋の中を行きつ戻りつして歩いた。その上、もしかしたら、自分のせいでヴァンドモアに迷惑をかけ、彼が誰かに借金しかねないという考えが、良心の呵責のように彼につきまとった。だが何より、日々の戦いを前にして、こうもお手上げの自分を思うと、心に秘めた男のプライドが痛んだ。どんなに自分を臆病者扱いしても、もしヴァンドモアが助けに来てくれなかったら、どうなってしまうか考えるだけで、蒼ざめ、震えずにいられなかった。明け方頃には、彼の身震いも収まった。その時、窓ガラスの向こうで夜明けの薄明りが揺らめき、一種全存在を放棄する恐ろしいほどの落胆が彼をとらえた。それは気を失う前の眩暈《めまい》の瞬間のような恐ろしい感覚だった。不規則に鼓動して痛む胸に両手を押し当てた。それから窓に近づいて、開けた。朝のひんやりした空気が心地よかった。彼は肘をつき、ものも思わず、長い間じっとしていた。少しづつ明るくなり、空が一面薔薇色になった。隣の庭の木立の中で、鳥たちが声を限りに鳴いた。車が一台がらんとした道路を横切り、クラクションがまだ人がいない眠り込んでいるパリを横切って、長い間響き渡った。ゆっくりと生活が目を覚ました。イヴは身を屈め、呆けたように、舗道をじっと眺めた。大柄な全身が震えた。一つの努力……転落……全ての終わり……至極簡単だった。彼の思いは夢で見るように、苦しく不明瞭だった。ぼんやりと頭の中に記憶の断片が浮かんだ。とてもとても古い、本当に夢ではないかと思える記憶……子どもの頃の美しい朝、旅先の、知らない街の爽やかな朝、それから、戦争の朝、そこまで来て、初めて彼は止《とど》まり、姿勢を正し、震える手で額を擦《こす》った。彼は兵士だった。兵士ならこんなふうには死なん。彼は街を、早朝の浅い光の中の薔薇色の舗道を見まいと故意に目を閉じた。そして瞼を閉じたまま、窓を力いっぱい閉めた。恐るべき意気消沈は止まっていた。彼は生きることを取り戻した、あるいはむしろ、生きる習慣がもう一度彼を捕まえた。機械的に慣れた行動をこなした。入浴し、髭を剃り、服を着て、出かけた。もうとても暑かった。好天気の夏の一日が始まっていた。女たちの顔がバルコニーに乗り出していた。野菜売りが花でいっぱいの小さな荷車を引いて、「薔薇だよ！　きれいな薔薇はいらんかな！」と叫びながら通った。散水管から噴き出す細い水が舗道から舗道にかけて液状の虹のように輝いた。子どもたちが自転車で追いかけっこをし、大声で歌いながら通った。背中に柳の枝で編んだ籠をかけ、スモックが風に翻《ひるがえ》った。イヴは病人が部屋に備わった沢山のつまらないものに必死に固執するように、一心に街の隅々まで観察した。何故か分からぬまま、気力を取り戻したような気がした。まだ比較的澄んだ、爽やかなパリの空気を吸い込むにつれ、一種の落ち着きが心に戻った。先夜の恐るべき絶望の危機は自分の心配事には不釣り合いに思われ、彼はそれを恥じた。緑の草木が正方形に植わり、真ん中に醜い立像がある公園の側を通った。開門したばかりで、ほとんど人はいなかった。彼は入って、しばし腰かけた。多分商店の従業員の若い男女がゆっくり小道を歩いていた。男が何事か熱心にしゃべり、女友だちはそれに耳を傾けていた。心の高ぶりが女の不器量な顔を一種の熱い光沢で彩《いろど》っていた。男が不平不満を漏らし、自分の悩みを説明し、彼女は何も言わず、彼を助けられないが、彼と一緒に苦しんでいる、それで彼の苦しみは軽くなるんだ、とイヴは思った。そして考えた。〝あいつは幸せだ、自分の重荷を丸ごと連れ合いの肩に投げ出せるんだから〟と。ドゥニーズの心配そうな眼差しをまざまざと思い出し、彼女が信頼できることに思いを馳せた。だが駄目だ。それでどうなるんだ？　幸せだな、しがない庶民の男は、悲しみも歓びと同じように、率直に、女と分かち合って……表情を曇らせ、彼は立ち上がった。公園は子守と子どもたちでいっぱいになり始めた。事務所に遅刻しそうなことに気づき、彼はほとんど駆け足で、地下鉄の次の駅に向かった。

その晩、七時頃、ドゥニーズがイヴに会いに来た。彼は普段通り、扉を開け、彼女を迎え入れた。彼女は彼の顔つきにびっくりした。げっそり痩せて、頬の色艶は灰のようだった。腫れた瞼の下で、不眠で赤い目がひどくぎらぎらしていた。彼女は彼の手をさっと握った。

「あなた……いったいどうしたの？」

「いや何でもない、全然何でもないよ」彼は首を振り、作り笑いをしながら言った。

彼女は苛立った身振りをしたが、それから自分を抑えた。なんとがっちりと、この人は自分の人生から私を遠ざけるの。それから、ひょっとして、結局私が思い違いをしているの？本当にこの人に心配事があるの？　よくあるように、単に機嫌が悪いだけ？　どう言えばいいの？　私はこの人が分かっているの？　〝人って人のことが分かるのかしら？〟彼女は暗《あん》澹《たん》として思った。

二人はイヴの部屋に入った。彼女の足は無意識に丸い鏡の方に向かった。壁に吊るされ、金色の木の古い額に入ったその鏡の前で、去年の秋以来、彼女は何度となく帽子を脱いだり、被り直したりしていた。彼女は真剣に自分を見て、それから少年風の髪を優しい仕草で撫でつけた。イヴは一度その仕草を毛づくろいをする猫みたいだと言ったことがあった。その間、イヴは窓の正面にある大きな肘掛け椅子に身を落ち着けていた。ドゥニーズが振り返ると、彼が目を閉じ、じっとしているのが見えた。彼女はそっとクッションを取りに行き、恋人の足元に坐った。イヴの手は自分の膝の上に延びていた。ドゥニーズはその手に、頬を、それから唇を当てた。だが彼は一言も言わず、ピクリともしなかった――眠っていた。

彼女はひどく驚き、何となくこれは遊び、と思いながら彼を見た。それから肘掛椅子の腕に顔をもたせかけ、イヴが瞼をはっきり開けようとするのを辛抱強く待ちながら、窓をじっと見つめた。外は静けさに満ちた六月の宵になっていた。ドゥニーズは顔を上げ、蒼白い空に銀の黴のようにくっきりと見え始めた薄緑色の三日月を目で追った。薔薇色を帯びた細かい灰が澄んだ空気を曇らせていた。いつの間にか暗くなった。黄昏のような透き通った夜だった。

「イヴ！」ドゥニーズはとても小さな声で呼んだ。

部屋は薄暗くなっていた。おぼつかない明るさの中で仰向けになったイヴの顔には、死者たちの静かな重々しさがあった。何故かしら、ドゥニーズは怖くなった。膝をついて背筋を伸ばし、もっとしっかり彼を観察した。彼はぐっすり眠っていた。彼女は彼と同じ高さになるように身を起こし、もう一度、厳しく彼を見つめた。彼の眠りには何か張りつめた、疑り深いものがあった。愛撫の後で、彼女は何度眠っている彼を見たことか、そしていつでも同じ、謎の、苛立ち、辛そうな印象を受けた。だが今日ほどのことは一度もなかった。ほとんど彼に触れるまで身を屈めた。夢の名残を捕まえてやろうと、寝ている者の瞼をこじ開ける子どもじみた残酷な欲望に抵抗しなければならなかった。だが瞼は頑なに伏せられたままだった。それは不眠で黒ずんでいた。それから彼は悪夢の中でやるように、荒い息をし始めた。だが彼女は彼を軽く揺すった。彼は激しく身震いし、ひどく混乱し不安に満ちた眼差しで目を開いた。暗がりの中で、窓が乳白色の大きな浸みになっていた。彼はかすかな声で尋ねた。

「もう遅いの？」

彼は自分を見ながら眉をひそめているドゥニーズに気づいた。微笑もうとし、彼女の額にやっと手を当てた。こんなふうに日中寝る時によく起こることだが、彼は死ぬほどぐったりと疲れた自分を感じた。自分の思考を取り戻せなかった。存在の一部がまだ眠っているようで……

だがドゥニーズは目を伏せ、とても早口で話した。

「聞いて、私の話を聞いて、イヴ……私、もう無理……もういや……あなた、どうして寝ちゃったの？　昨日の晩、寝なかったのね？　どこにいたの？　言って、私、知りたい……あなた、浮気してるの？　いや、笑わないで。どうすれば分かるの？　もしかして、あなたに気のない女を愛してるの？　誰か他の女のせいで苦しんでるの？　イヴ、私を哀れと思って……お願い、お願いだから……私を哀れんで……」

イヴは肩をすくめた。とうとうこんなことにまで。

「誓うよ、君が思ってるようなことじゃない」

病気の子どもに話しかける時に使うような極度に落ち着いた抑えた声で彼は言った。

「それじゃあ」彼女はすかさず言った。「お金の悩み？」

〝そうなんだ〟と彼の口から出かけた、そして……彼女の首の真珠の首飾りを見た。彼は彼女をよく知っていた。彼女は首飾りを外して彼に言うだろう。「受け取って」あるいは他にも同じような、常軌を逸した素敵なことを。そして実際、それはいとも簡単だった。彼女には十回彼を救える資力があった、十回は……彼は血がにじむほど歯で唇を噛みしめた。何故自分が黙るのか、彼にはよく分かっていた！　ああ！　彼女が自分のように貧しかったら！　だが彼の心の奥底では、差し延べられた手を、首飾りを、金を、施しを、撥ね退ける力を持たないという漠たる恐れが眠らずにいた。

彼は改めて首を振った。

「いや」

「じゃあ私はあなたを助けられないの？」一種絶望に駆られ彼女は尋ねた。

「だめだな」彼は小さなくぐもり声で繰り返した。

それから、突然、彼はためらいがちに手をドゥニーズの髪に当て、長い間そっと撫でた。

「ドゥニーズ、僕を助けたいか？　だったら聞いてくれ。僕を独りにしておいてくれなきゃいかん。どうしろと言うんだ？　仕方がないんだ……病気の時は、独りで苦しまなきゃいけないんだ、絶対に独りで、犬みたいに。それが僕にはいいんだ……僕のせいで君が苦しむのを見たくない。僕の苦しみなんて君が思うほど大したこともなけりゃ、恐ろしくもないんだ。いや、大丈夫！　こんなのは過ぎ去るさ、さっさと過ぎ去るさ！　いいかい、何日か、ただ何日かが欲しい。だが独りに、絶対に独りにしてくれ、ドゥニーズ、いいね？……哀れと思って……さもなきゃ僕は狂っちまう！　君の非難、君の不安は……もう無理だ、ドゥニーズ、僕だってもう無理なんだ……自分の悩みを思うさま、噛みしめ、また噛みしめて、ワインみたいに発酵させてくれ……そうすりゃ、もっとよくなる……僕は治るんだ。僕を病人として，狂人として扱えばいいさ、だけどほっといてくれ！」

　少しづつ、彼は熱に浮かされたように興奮して話し始めていた。そして、実際、この時、彼は病人が一杯の冷たい水か果物を欲しがるように、孤独を欲していた。両手と唇が震えた。

ドゥニーズはちょっと蒼ざめて、立ち上がった。白粉をつけ、帽子を被り直した。何も言わず、彼を正面から見なかった。彼はちょっと恐れの入り混じったかすかな後悔を感じた。

「ドゥニーズ」彼はもっと優しい声で囁いた。

「僕が電話するよ、な?」

「よろしいように」彼女は答えた。

彼女は彼に目を上げなかった。泣き咽んでしまうのが心配だった。彼は彼女に引っ叩く以上の痛みを与えた。だがせめても、彼は分かっていたか? 彼は彼女をはねつけ、追い払ったのだ……彼女の心の中で一種残酷でひそかな怨念が傷んだ愛情と入り混じった。ところが彼は落ち着いている彼女を見てこう思った。〝分かってくれた〟彼女は黙って彼に手を差し出した。

彼はその手に口づけし、それから彼女を自分に引き寄せ、抱きしめ、その頬にキスした。彼女は無反応に、彼のするがままにさせていた。彼は彼女の唇にキスしようとした。彼女はそっと彼を押しのけ、扉の方に歩いた。

彼は言った。

「じゃ、分かったね? 何日かのうちだよ、僕が電話するから……」

「ええ、ええ、ご心配なく」彼女は呟いた。

そして彼女は去った。

一人残って、彼は一瞬果てしない悲しみを感じた。扉の方に向かおうとさえした。それから思い直し、ため息をついた――〝それでどうなるんだ？〟そして静かに窓辺に戻った。足早に立ち去る彼女が見えた。通り過ぎる彼女を見ようと男たちが振り返った。彼女は街角を曲がって姿を消した。

それから彼はピエロを呼び、一緒に大きな肘掛け椅子に坐った。暗く、静かだった……一種の苦い平穏が彼に降りてきた……

20　夏の休日

ドゥニーズがイヴに再び会うことなく、彼から何の知らせもないまま二日流れた。

土曜日の朝、ジュッサンが妻に、二人がよくそうしているように、車で田舎に行き、二日間、エタンプ*近郊に彼等が所有する、百五十年前は収税官の小別荘だった屋敷で過ごそうと提案した。田舎が大好きなドゥニーズは、そこに夫と行くことをいつも喜んで受け容れた。だが今回、彼女は口実を探そうともせず、それを拒否した。今日にもイヴが電話してくると確信していた。

＊　パリから四八キロ南南西に位置する都市。

ジュッサンはしつこく言わなかった。しばらく前から、彼は妻に話をする時、気詰まりで辛そうな様子を見せた。この人は私が生活の中に秘密を隠していることを見抜いている、と彼女は思った。だがおそらく、秘密が何であっても、彼はそれを掘り下げようとはしないだろう。彼は心底まっとうな人間が、他人が嘘をついたり裏切るのを見ると感じる動揺、恥ずかしさを覚えていた。そこで彼はドゥニーズの額に口づけすると、ちょっとため息をつきながら一人で発った。強くて善良な、だが時に激することを彼女が知っている男の諦めたため息は、ドゥニーズの心に、最初はどうということもないが、時と共に痛みがじわじわと確実に増していく目立たない小さな傷をつけた。

それでも、彼女は彼を引き止めようとはしなかった。結婚の絆《きずな》は、徐々に擦り減った二本の綱の結び目のように知らず知らず緩んでいた。彼女はそれが完全に分かっていた。彼女を捕えた失望は、例えば、自分の家が焼けるのを、自分の持ち物ではないかのように無関心に見る時の夢のはかなさにちょっと似ていた。

ジュッサンが出発すると、彼女はフランセットの部屋に行った。彼女はフランセットを熱く抱きしめ。体の具合を尋ねた。娘は桃のようにふっくらしていたが、彼女には痩せて、顔色が悪そうにさえ見えた。白い短いドレスの下の裸の小さな腕、小さな足にキスを浴びせた。膝やピンクの肘の上に見つかった青あざや引っかき傷の出所が全部知りたかった。一瞬彼女は乳母を帰らせ、自分で夜までフランセットの面倒を見たくなった。こんな小さな子どもは大抵のことが治ると言われるけれど……それにしても部屋はとてもきれいで、とても楽しげだった。机の上で、フランセットの大きな黒猫が陽を浴びて眠っていた。ドゥニーズを見るとありがたくも身を起こし、背中を弓なりに曲げ、毛が生え、鉤爪のある二本の長い脚を交互に空中に伸ばした。

ところがフランセットは昨日の晩、新しい片足スケートをもらっていた。自分の遊具に駆け寄ろうと、彼女はとても素早くママの腕から身を振りほどいた。ドゥニーズは多分娘がその日は一日中それで遊ぶことが分かった。フランセットはどんな遊びにも一種情熱を込めて没頭した。ドゥニーズは小さな体の穏やかな温もりをまだもうしばらくの間、自分の側に残しておくために、彼女を膝の上で抱き、一つお話をしようとした。だが結局、娘を泣き喚かせただけだった。幼いフランス嬢はとても意志強固だった。ドゥニーズは退散するしかなかった。

終日、彼女は待った。だがイヴは現れず、何の音沙汰もなかった。夜遅くなっても、ドゥニーズはまだ両手で頭を抱え、電話の側にいた。真夜中頃、ベッドに身を投げ、不安で不快な眠りに就いた。翌日はとても良い天気だったので、彼女は昼食になると、直ぐブーローニュの森のレストラン、ル・プレ・カトランにフランセットを乳母と一緒に送り出し、日中やることを懸命に探し始めた。友人たちは皆出払っていた。パリジャンが土曜から月曜迄、こぞって街を空にする季節だった。フランシュヴィエーユ夫人は例年通り、もうヴィッテルにいた。ドゥニーズは独りきりの午後を思って恐れに近い感じを抱いた。よくあるように、粘り強い希望がいきなり意気消沈に代わった。もう約束の電話を待っていなかった。少なくとも、もう待つまいとした。何度も何度も手紙を書きたい、イヴに会いに行きたい、彼と話をしたいという誘惑に駆られた。だが一種本能的な恐怖が彼に背くことを思いとどまらせた。

彼女は彼をよく知っていた。一人にしておいて欲しいという願いに反して、彼女が自分をしつこく煩《わずら》わせることが分かったら、彼はいきなり全てを終わらせることだってあり得る、と彼女は思った。あの奇妙な怒りっぽい性格で分かるものかしら？　やることは一つだけ、と充分理解していた――彼が言ったように、何であれ、彼が自分の悩みをワインのように発酵させるのを辛抱強く待つこと。孤独が静める男の苦しみと愛する自分の魂のなんという違い！　ああ、もし自分に不幸が起こったら、イヴの存在、一言、一つの仕草が自分を慰め、癒してくれるでしょうに……でも、どうすれば？　彼はあの通り……彼が自分を追い返した時、彼女が当初彼に対して抱いた怨念は、一種苦い諦めの中に溶けていた。そんなものなのね。私が勝手に恋に目が眩《くら》んでいたのね。その日自分が確かにやれることを熱心に探し始めた。とにかく空っぽのアパルトマンにたった一人でいるのは、彼女の力に余った。大勢の友だちに電話をかけたが、誰もパリにいなかった。そして不意に、しばらく前に母と交わした会話を思い出した。自分の言葉が聞えた。〝私にできる一番賢いやり方は、イヴを裏切ることかも知れないわ……あなたが言う、彼の息を苦しくしてしまう愛、もし私がそれを二人の人に分けたら、それが彼にはちょうどいいんでしょうね〟

彼女は居間の真ん中に立っていた。熱と埃を避けるために閉めた鎧戸越しに、金粉のような陽光がちょっと洩れてきた。激しく、ドゥニーズは巻き毛を揺すった――〝もたない、だめ、もたないわ〟彼女は何度も繰り返した。鏡の中の蒼ざめた小さな自分の顔を見て、自分の目つきがほとんど怖くなった。彼女ははっきり声に出して言った。「私、不幸だわ」涙のない、乾いた短い嗚咽が彼女を揺さぶった。茫然と窓辺に行き、鎧戸を押した。ガラス窓に残ったまま打ちひしがれて陽に輝く舗道を陰気に見つめた。ちょうど、屋敷の正面に小型車が停まったところだった。ちょっと身を乗り出した彼女は従弟のジャン＝ポール・フランシユヴィエーユの車だと分かった。彼女は女中に呼び鈴を鳴らし、訪問者はお迎えしないと言わせようとした。しかし間に合わなかった。玄関扉の呼び鈴は彼女の呼び鈴とほぼ同時に鳴り響いた。玄関でジャジャの声が聞えた。そして直ぐに敷居に彼が姿を現した。

「一人か？　ドゥニーズ」

「ご覧の通りよ」

彼女は喜びもなく繊細でちょっと先の尖った若造の顔を眺めた。彼は彼女をいつもからかった。だがこの時は、彼女の落ち窪んだ目、冴えない顔色をあげつらうのを慎み、さらりと言った。

「昨日の朝パリの門で君の旦那に会ってね、あの人が君抜きでエタンプに行くって僕に知らせてくれたんだ」

「その通りよ。で、あなたは、こんなに暑いパリで何をなさるの？」

ジャジャはためらった。それからちらっと忍び笑いして答えた。彼独特の、神経質な人なら引っ叩きたくなる笑いだった。

「たぶん、君に会うんだって言っても、信じないだろ?」

「たぶんね」ドゥニーズは言った。ジャジャと一緒にいると、知らぬ間に、十五歳の口調と言葉を取り戻した。その頃は、ジャンソン・ドゥ・サイー校の生徒だった若い従弟の声や言い方を真似て楽しんだ。ジャジャは無理に笑ってみせた。

「よくお分かりだ」

ドゥニーズは長椅子に腰かけに行った。彼女は尋ねた。

「何か飲む?」

「勿論。リキュール、上物のブランデーと氷を沢山持って来させて」

彼はもう床に敷いたクッションに坐り、お気に入りの場所に身を落ち着けていた。

彼が尋ねた。

「覚えてる、ドゥニーズ、教室の机の中に隠すために自習室でカクテルを作ったよな?」

「覚えてるわ……田舎の私たちの自習室で……」

「窓から飛び降りて公園に逃げて……」

「私たちが隠れた洞《ほら》のある古い柳の木、覚えてる?」

「それにあんなにキイキイ鳴ったシーソーは?」

「それから足を濡らすのが楽しくて日に何度も渡った小川は?」

「それと水車小屋は? どんなふうに固い階段から屋根裏部屋まで上ったか? どんなふ

うに粉袋の後ろに隠れたか?」

「私はお転婆だった……フランセットも私みたいになるわ……」

「どこにいる?　君の娘は」

「ル・プレ・カトランよ」

ジャジャは子どもの頃の思い出に触れるとどうなるかよく分かっていた。ドゥニーズはどんなつまらない過去のことがらにも熱い愛情を持っていた。彼女はたちまち機嫌を直し、ジャン＝ポールはその顔に自分がよく知っている楽しそうで優しい微笑みが浮かぶのを見た。

そこで彼はそっと尋ねた。

「誰かを待ってるの?」

彼女はちょっとためらい、いいえと答えた。

彼が提案した。

「ドライヴにお連れしようか?」

「ジャジャ、恋人に振られたの?」

「余計なお世話だよ……来るかい?」

「どこに?」

「お好きなところに。パリの外は?」

「あら嫌よ。もし誰かに会ったら?」

「それが？」

「ジャックは面白くないでしょ。分かる？　私、昨日、一緒に行くのを断ったのよ」

「そりゃそうだ。じゃ、パリで？　ほら、ブーローニュの森で、君の娘にキスするか？」

「いいわね」ドゥニーズは同意した。

「帽子を被って、コートを着ろよ」

ドゥニーズは小間使いに呼び鈴を鳴らした。小間使いがコートを着るのを手伝っている間に、彼女に耳打ちした。

「もし誰かから電話があったら、夕食には戻るから、もう一度電話してと言ってね」

「奥様、ご心配なく」

ジャン＝ポールはテーブルの上の花束を思い切り吸い込むふりをしていた。

彼が振り向いた。

「さあ、急いで、行こう……」

二人は車に乗った。その車にぞっこんのジャン＝ポールは得意げだった。

「サン・クロードまで行ったらどんなふうに坂を上るか分かるぜ、それに乗り心地はふかふかで……いかした奴だぜ、ドゥニーズ……」

ドゥニーズは何も答えず、熱風に顔を打たせていた。パリの素晴らしい日曜日だった。青空が皺ひとつない真新しい絹地のように屋根の上に広がっていた。舗道はゆっくり歩く小市民たちの群れで塞《ふさ》がれていた。穏やかで、幸せそうな満ち足りた表情が彼らの顔に浮かんでいた。そのゆったりした足取りだけで、今日が祭日で、この美しい日和《ひより》、陽光、新鮮な薔薇の香りが、勤勉な一週間を過ごした自分たちにふさわしいと誰もが確信していることが分かった。この善良な人々は、美しくもなければ、身なりもよくなかった。だがその質素な幸せ、安らぎが、通りがかりに伝わってくるようだった。ドゥニーズは、彼等を見ながら微笑みを浮かべた。そしてとても穏やかで、理由のない一種奇妙な静まりが彼女の中に降りた。

ジャン＝ポールがそれに気づいて、言った。

「楽しいの？　あの連中を見るのが」

「そう、楽しいわ……ジャン＝ポール、もっとゆっくり行って……あの人たちを見るのが好きなの、どうしてか分からないけど……」

ジャン＝ポールは従った。ブーローニュの森に近づいた。群衆は増々増えていた。漆黒の帽子を被った太った女たち、絹のドレスを着た老女たち、厄介な仕事ですり減った男たちの痩せた顔、それに、ひ弱な子どもたち、白い前掛けの少女たち、船員の服を着た少年たち……〝心貧しき者は幸いなり〟*ドゥニーズは思った。するとずっと知っていたこの短い言葉が突然、彼女にとって、日々の仕事を勇敢に果たした全てのしがない人々に当てはまる、鋭く深い意味を帯びた。

＊　新約聖書マタイによる福音書の一節。

ジャン＝ポールが尋ねた。

「あの連中が楽しいなら、ラ・ビュットに連れて行ってやろうか？　君は絶対行ったことないだろ？　ああいう場所を知ってるのはもう外国人しかいないいんだ……」

「ラパンアジールなら行ったわ、ある晩、クラークス夫妻と一緒に」

「ああいうのは昼間見なくちゃ」

「ほんとに？」

「間違いなしさ。行きたい？　ル・プレ・カトランじゃイスパノ・スイザに乗ったきれいなマダム連中に会うだけだろ、それにフランセットに君は必要ないんだ……もう言い寄る奴がいるんだって……あの子がそう言ってたぜ。棒つきキャンデーをくれた小さな友だちがいてね。彼女はそれをもらって、もう一人の子にあげに行ったんだって。もう女だよ。僕らはお邪魔さ……」

「私もそう思い始めてるのよ」ため息まじりにドゥニーズは言った。「それでどうしましょ？　それが人生……今だってあの子は私より片足スケートの方がいいのよ……これからは、じきに、男ね……」

「君はいわゆる憂鬱症だな、ドゥニーズ……」

「違うわ、全然……」

ジャン＝ポールはもう道を引き返していた。二人は全速力でモンマルトルの方向に向かっていた。何分かの間、ジャジャは狂ったように市街を横切って楽しんだ。直ぐに地下鉄のラマルク駅が見える所に着いた。

ジャン＝ポールは小さなカフェの正面で車を停めた。クラクションを何度も鳴らすと、ワイシャツ姿の亭主が出て来た。

「おや、こんちわ、旦那……車、置いていきますか？」

「いつもどおりな」

「一杯どうぞ、マダム」亭主は微笑んでワインを彼女に勧めた。

ドゥニーズは嬉しそうに受け取った。亭主はジャン＝ポールに目くばせしながらそっと耳打ちした。

「美人だねえ」


「大丈夫か？　こんな階段」

「大丈夫よ、さあ」

彼女は軽やかに駆け上った。ゆったりしたきれいなコートが彼女の後ろで翻《ひるがえ》り、古代の衣服のような優美な襞《ひだ》を描いた。

階段の天辺《てっぺん》で、彼女は立ち止まって一息ついた。

「ジャン＝ポール、涼しいわよ……」

本当だった。比較的澄んだ空気がモンマルトルの高台から吹き寄せた。ドゥニーズは立っている小さな展望台を囲む柵に近づき、身を屈めた。足元に広がる街をうっすらと霧が蔽っていた。だがアンヴァリッドのドームは、エッフェル塔の精緻な骨組みと同じように、金色のもやの向こうで輝いていた。不明瞭なこもったざわめきがドゥニーズのところまで上って来た。

ジャジャが彼女に追いつき、二人は上り続けた。古い黒ずんだ建物、狭い路地は陽を浴びて温まっていた。小石だらけの坂道の両側で、水が爽やかな音を立てて流れていた。泥まみれの黄色い犬たちが車道の真ん中で呑気に眠っていた。

「あんな犬、どっかで見たことある？」ジャン＝ポールがバセット、スパニエル、ブルドッグの血を引く犬種のはっきりしない一匹を指さしながら尋ねた。

「プールボ*の絵でね」

＊　フランシスク・プールボ　一八七九〜一九四六　フランスのポスター画家。

「ほんとだな……がきどももな」ジャン＝ポールがスモックを風になびかせ、とんがった小さな頭に帽子を貼りつけて走る子どもたちの集団を指さしながら言った。

テルトル広場では木のテーブルを囲んで家族たちが陣取り、ザクロのシロップを飲んでいた。ジャン＝ポールとドゥニーズはその間に席を取った。空の色が徐々に薄れ、田園のようにリラのかすかな匂いが漂った。聖体拝受する小さな女の子が一人通った。傾いた太陽の中で、その子の白いベールが金と薔薇色に反射した。後ろに大真面目な二人の少女が歩いた。真っ青なドレスを着て、頭に紙製の花を載せ、それぞれ咲き誇った大輪の薔薇、派手でいて素朴な薔薇を手に持っていた。彼女たちが通り過ぎた時、サクレクール寺院の鐘が鳴り始めた。

ジャン＝ポールは発泡性のワインを注文し、今は、黙って、グラスを掲げ、口に運ぶ前に、太陽がワインの中で輝かせる金色の玉をじっと眺めながらゆっくり飲んだ。ドゥニーズが尋ねた。

「しょっちゅうここに来るみたいね？」

「時々だよ……」

彼女がくすっと笑うと、彼は真剣に言った。

「でも一人でだ……」

「まあ」

「そうだよ、心を休める手段さ……車に乗って、駆け上って、ここに身を落ち着けて……無念無想、幸せさ……」

ドゥニーズはちょっと驚いて彼を見た。

彼が尋ねた。

「何を驚いてるの？」

「あなたよ、あなたはいつも舞い上がって、いつも動き回ってるって思ってたわ……」

「ひとを見かけで判断しちゃいかんよ、君……」

彼はゆっくりグラスを空にし、それから煙草に火を着け、椅子の背にのけ反って、黙っていた。ドゥニーズはこの沈黙にちょっとがっかりした。なんとなく他のことを期待していた。だがジャジャは平然と、ちょっと皮肉な様子で煙草を吸い続けた。彼女はワインを自分で注いで、一気に飲んだ。軽くて爽やかなワインだった。周囲の広場は空いてきた。心地よい宵の穏やかさが二人を包んだ。

「いい気持ち」半ば目を閉じながら、ドゥニーズが声を上げて言った。そよ風が頬を撫でた。飲んだワインで手足がちょっとだるくなり、顔を振った。かすかに微笑んでもう一度言った。

「いい気持ち……」

そして、ふと、彼女は驚いた。

——まあ、私、楽になったみたい……彼女の驚きは、例えば傷が突然痛まなくなった瞬間、思わず感じずにはいられない軽い不安を伴っていた。

〝おかしいわ、私、楽になった……〟

彼女はまるで本当に心臓に傷があるように、用心深く息を吸った。胸にのしかかっていた固いボールが溶けたようだった。彼女は今度はもっと深々と呼吸した。それから額に手をやって呟いた。

「いやだわ……私ちょっと酔ったみたい……」

「このアルザスのワインは口あたりはいいけどまわりが早いんだ、評判通りだな」

ジャン＝ポールが言った。

それでも、ドゥニーズは頑張って立ち上がった。

「帰りましょ、ね、ジャジャ、遅くなったわ……」

逆らわず、彼は女中を呼んで支払った。

だが下りながら、ドゥニーズに言った。

「入ってフレデ*に挨拶しておこう」
＊　ラパンアジールの名物経営者フレデリック・ジェラール。
急斜面の街路の中で、ラパンアジールの古ぼけて小さな建物は八十歳の物乞いさながら、まるでしなびて老いぼれて見えた。おそろしく古い汚れが壁にこびりついていた。村の居酒屋のように貧弱な低木が植わった庭先で、ベンチに腰掛け、フレデ爺さんが居眠りしていた。飼いならされたカササギが蒸留酒のグラスの底に忘れられたサクランボをついばんでいた。

ドゥニーズが頼んだ。

「お友だちは寝かしておきましょ……とっても安らかなご様子だわ」

それでも二人は足を止めた。ゆっくりと、名残惜し気に黄昏がやって来た。奇妙な静けさが万物《ばんぶつ》の上に漂っていた。

「これはドイツ童話のいい魔法使いのお家ね」

どこかで、古時計が重々しくゆっくり、一つ一つ時を打ちながら鳴った。

二人は出発した。

ビストロの前に、彼等の車があった。だが十メートルも走らぬ内に車が止まってしまった。

ジャジャは車のボンネットに頭を突っ込み、絶望し悪態をつきながら頭を出した。

「どうしたの?」

彼は説明した。

「少なくとも小一時間かかるぜ……」

「もう遅いのに」ドゥニーズが心配そうに言った。

ジャン＝ポールは考えた末に結論を出した。

「仕方ない、カフェのおやじに車を置かせてもらおう。小さなガレージがあるんだ。僕は明日戻って来るよ。タクシーで帰ろう」

だが言うは易し、行うは難し。田舎の広場のように閑散とした街路で叫んでみても、答えるタクシーは一台もなかった。十分ほどすると、やっと、辻馬車が通りかかった。大きな車輪に乗っかった古い辻馬車で、古臭い外套を着た御者も並足で行く痩せ馬も揃って頭《こうべ》を垂れていた。眠っている夜の家々の中で、古ぼけた馬車はさながら幽霊だった。

ジャジャとドゥニーズは同時に声を上げた。

「これに乗りましょ……」

「一八八〇年のイヴェット・ギルベールだな*」

＊　一八六五〜一九四四　ベルエポックに活躍したキャバレー歌手、女優。

ジャジャが面白がって言った。

御者が馬に一鞭くれた。馬はギャロップともとれるように後ろ足を蹴ったが、すぐにのろい足取りに戻った。御者も眠っているように見えた。ドゥニーズとジャジャは狭い車の中で互いにぴったり身を寄せ合い、言葉を発さなかった。静かにまどろんでいるようだった。道も広場もとてもゆっくりやって来て、すれ違い、消えて行った。街灯が輝き、それから暗闇が大きく広がった。馬が並足で舗道を打ち続けた。

ジャン＝ポールがドゥニーズの手を握った。

「寝てるの？」

「いいえ」

彼は手袋をしていない小さな手を自分の手の中に握り続けた。彼女はそれを引っ込めなかった。それでどうするの？　しばらくして彼が言った。「着いたよ」そして身を屈めて彼女の手首に唇を着けた。彼女は何も言わなかった。これまでもしょっちゅう、彼は彼女の手にキスしていた。だがこの時、キスは長く続いた。彼女はむしろ甘美な、ぼやけた夢の中にいるように、するがままにさせていた。

辻馬車が停まった。彼は彼女が降りるのを手伝い、それから普段どおり、静かに、いとまを告げた。

「おやすみ、ドゥニーズ、いい夢を……」

「ありがとう……あなたもね」彼女はちょっと努めて微笑みながら言った。


家に戻るや否や、彼女は小間使いを呼んだ。

「マリー、誰からも電話はなかった?」

「ええ、奥様、でも奥様宛の〝電報〟がありますよ」

ドゥニーズはそれを掴んだ。突如胸が早鐘を打った。イヴの筆跡だと分かった。僅か数語。


約束通り電話をせずにご免。だが僕はひどく落ち込んでいて、できなかった。でも、今晩、もしあいているなら、来て。　君のY　そして追伸に〝怒らないで、愛しいドゥニーズ〟とあった。

〝いいわ。彼がお知らせくださるなら、行かなくちゃ、そしてまた微笑んであげなきゃ〟ドゥニーズは思った。

彼女はフランセットの様子を聞き、そそくさと夕食を摂ると、再び出かけた。

「もし主人が私より早く戻ったら、映画に行ったって言って」

イヴは煙草を吸いながら彼女を待っていた。一週間それ以外ほとんど何もやっていなかった。ヴァンドモアからの便りはずっとなかった。だが正に度を越えているせいで、彼の不安は終いには薄らいだ。性格の根底をなす成り行き任せが再びイヴを捕えていた。漠然と奇跡の救いが天から降って来るのを期待していた。

彼はドゥニーズからの非難、涙、質問を予期していた。彼女がとても落ち着いて、無関心で、穏やかなことに彼は驚いた。心配そうに彼に注がれる目の奥にある、普段彼が知らなかった奇妙な眼差しとともに。二人は愛し合った。彼は明らかに彼女の腕の中で何もかも忘れようとしていた。だが彼女は自分自身か彼の中にある何かを窺《うかが》うように、冷ややかで、注意深いままだった。立ち去ろうとする彼女を彼は引き止め、キスした。

「ドゥニーズ……」

「今夜は、私が好き?」彼女は奇妙な微笑をちょっと浮かべて尋ねた。

「うん」

彼女はもう一度尋ねた。

「私……お利口だったかしら?」

「とてもお利口だ」彼は無造作に言った。それからもっと深い声でつけ加えた。

「そういう君が好きだ、そうでなきゃね……」

「まあ……それじゃあなたは幸せ？……静かにぐっすり眠れる？」

彼は微笑んだ。

「そう思うよ……で、君は？」

「あら！　私もよ……」

「そりゃよかった……またね……」

21
ブーローニュの森

翌日、翌々日はドゥニーズにとって不思議に速く過ぎた。ジュッサンはエタンプに一週間残ると電話してきた。昼食後すぐにジャジャがドゥニーズを探しに来て、二人は軽快な小型車でヴェルサイユかサンジェルマン方向に出発した。太陽に焼き尽くされた道を二人は狂ったように走った。一度は、ヴィルダヴレーの、薔薇色に照り返す黄昏の丸い池のほとりで一服するために、もう一度はサンジェルマンの緑の高台の上で車を停めた。ドゥニーズは連れの目が優しくなるのを見て、繊細で辛辣な唇に、彼が口にしない熱い思いのこもった言葉を想像した。それは彼女を楽しませる以上に、彼女の人生のこの瞬間に、強烈な塩味を与えた。そうする間も、イヴの記憶は一瞬たりと彼女から去らなかった。だが薄ぼけた肖像画のように、曖昧に目立たず彼女の底で眠っているようで、彼女はひどく疲れた後の休息のようにそれを味わった。それから暗くなった空の下、二人はゆっくりとまた出発した。心は何故かしら、夏の美しい宵の甘美な痛みに似た幸福に満ちていた。二人は戻った。一人で夕食を摂る間、ドゥニーズは夫の記憶を頑強に払い除け、その後、イヴのもとへ急いだ。二人はあまり言葉を交わさなかった。ドゥニーズは本当に彼が望む従順で大人しい女になった。彼は彼女の裸の肩の暖かい窪みに額を埋め、心地よい夜の中に身を沈めた。彼女は今、何も言わずに彼の髪を撫でることができた。

三日目の夜、イヴがいつもの時間に電話をかけてこなかったので、ドゥニーズはジャン＝ポールを呼び出した。すぐに、彼は駆けつけた。ドゥニーズはおそらく毎日、彼が彼女の連絡を待っているのが分かった。すると暗い復讐を愉しむような特別でちょっと残酷な愉しみが彼女の心を満たした。天気が良く、暑かった。戸口に腰かけ、田舎のように一つの家からもう一つの家に話しかける門番たちののんびりした声が開いた窓から上って来た。時々思い出したように、風が隣の庭に咲いている花の茂みの甘い香りを運んで来た。

ドゥニーズが頼んだ。

「ブーローニュの森に行きましょうよ、どう？　ちょっと空気を吸いに」

一日中ひどい暑さだった。ドゥニーズは大方の時間、鎧戸を閉め、ベッドの上でうとうとしていたが、夕食のためにやっとパジャマを脱いだ。目覚めたばかりの幼子のように、まだ血色のいい熱い頬をしていた。そしてジャン＝ポールは彼女に歩み寄りながら、薄いドレスの隙間から、若い植物の新鮮な匂いに似た彼女のとても甘い香りを吸い込んだ。

「いいとも」彼はちょっとしゃがれた声で同意した。

何分か後、二人はブーローニュの森に向かう車列の後に着いていた。通りはぎっしり詰まった塊のような車列で覆われ、ガソリンと埃の匂いがした。だがポルト・ドーフィヌを越えた途端、それまでとは対照的に心地よく澄んだ、爽やかな空気が二人の顔に吹き寄せた。夜は暗く静かだった。時々、森の中に隠れたレストランの前を通ると、それは光と音楽に溢れていた。それから、また、もっと澄んだ空に木立の黒い茂みがくっきりと浮かび上がった。湿った草、木々、どこから来るとも知れぬ花の優しい匂いが心地良かった。だが、夜が更けるにつれ、何か霧のようなものが芝生から、それに道からも立ち昇った。それはミルクのように不透明で白かった。競馬場*の側で、ドゥニーズとジャン＝ポールは魅せられて車を停めた。周囲の至る所で、煙か淡雪のように見える小片が静かに地面から沸き上がった。木々の梢《こずえ》はミルクの海から頭を出しているように見えた。ドゥニーズは少女のように、手を差し出した。

＊　ブーローニュの森の中にあるロンシャン競馬場。

「ああ！　まるで薄い布みたい……」

「妖精のベールだ、どう？」ジャジャが言った。

彼は声を低くしてもう一度言った。「どう？」そして彼女の方に身を屈めた。彼の目と歯が輝くのを彼女は見た。

「やめて」彼女は微《かす》かな声で言った。

何が起こるか彼女は分かっていた。だが身を護ろうとしなかった……キスは、今夜、一本の煙草、一個の果物、渇きを癒すのではなくごまかす一口の冷たい水に過ぎなかったか？　こだまのように、彼女は自分の心の奥に残り、密かに二人に危険な道を作った母のある言葉を思い出した。〝……女は友だちを作ったわ、恋人じゃないわよ。一人の友だち。少しずつそんなことが楽しくなって……〟

「やめて」彼が何かするより前に彼女はもう一度言った。

キスになった。

彼女は「ああ！」と声を上げた。そして何度も顔を背けた。だが貪欲な若い唇が彼女の唇と重なった。ジャン＝ポールが無意識のうちに押し殺した声で呟いた。

「君を愛してる、凄く愛してる、分ってくれたら……」

そしてそれから──

「君は？」

「いいえ」彼女は言った。

小さな沈黙、そしてそれから──

「構わないさ」

彼女は意味が分からぬまま聞いた。彼は長く、優しく彼女の唇を奪い、果物から未知の風味を味わうように、丹念にそれを味わった。

その間、周囲に車が何台か来て停まったのに二人は気づかなかった。おそらく一台ならぬ車の中で、彼らのようなカップルたちが、霧を眺める口実の下で、宵闇にしっかり守られてキスしていた。ところが一人のいたずら者が、自分の車のヘッドライトを、全部の車に向けてやろうと思いついた。そこには混じり合うほど身を寄せ合った二つの不明瞭な体がぼんやりと見えた。霧を突き破って、不意の光が真っ直ぐにドゥニーズとジャン＝ポールに落ちた。瞬間、ランプのむき出しの光の中で、合わさった二人の顔が真っ白に浮かび上がった。驚いたドゥニーズは不意に身を引き、帽子が膝に落ちた。同時に彼女は全身を震わせた。自分のすぐそばで押し殺した叫びが聞こえたような気がした。だが電光は他の車の暗がりをからかうように調べながら、もう遠ざかった。他の車から女の怒声が上がった。ドゥニーズは周囲の暗がりを探《さぐ》ろうとしたが。何も見えなかった。隣りにいた一台のタクシーがいきなり発車して姿を消した。それをきっかけに他の車たちの動きが決まり、それぞれあらゆる方向に発車した。

〝夢を見たわ〟ドゥニーズは思った。

混乱した印象がほとんど直ぐに消え失せるほど、全てあっという間の出来事だった。二人はもう一度ブーローニュの森を回り、涼しい小道で、ジャジャはもう一度彼女にキスした。だが彼が唇を上げ、彼女の頬のイヴのお気に入りの所にキスしようとした時、彼女は本能的に身を振りほどいた。

「いや、そこはだめ……」

彼は驚いて彼女を見た。彼女はすげなく言った。

「帰りましょ」

彼は従った。彼女が身を委ねる時は過ぎ去ったことが分かっていた。

帰ると直ぐに、彼女はマリーを呼んだ。

「電話は無かった？」

「ありました」小間使いは答えた。「アルトゥルー様から」

「大分前に？」

「ええ、そうです、ほとんど奥様がお出かけになったすぐ後ですわ」

「何も言ってなかった？」

「いいえ、奥様、明日電話するとおっしゃっていました」

「いいわ、ありがとう、マリー」


その晩、実際、イヴは夕食後すぐに電話をかけていた。「奥様はお出かけになったところです」という小間使いの答えは、彼を驚かせ、ほとんど怒らせた。絶対に、二人の関係が続いた十一か月以上の間、こんなことは起こった験《ため》しがなかった。ドゥニーズはいつでもそこに、彼の手の届くところにいて、彼との楽しみ、彼の命令を待っていた。失望のあまり激昂したことを彼は恥じたが、それを払い除けることはできなかった。これは何かの間違いで、彼女から電話があると漠然と期待しながら、アパルトマンの中を縦横に歩き始めた。だがだめだった。正に本当だった。彼女はそこにいなかった。

〝いったい彼女はどこだ？〟彼は思った。〝この間夫は帰っていない……どこにいるんだ？〟

それから彼は思い直し、ちょっと努めて微笑んだ。

〝いいじゃないか……可哀そうなドゥニーズ……そう！　彼女は確かに自由だ……俺が彼女に知らせずに外出する度に彼女がこんな顔をしたら、俺はひどくうんざりするだろうな……〟だがそんなふうに自分に言ったところで、あるいはむしろいつも通り、彼の後ろに坐ってランプの周りの蝿を見張っているピエロに話したところで、彼の心は静まらなかった。彼はアンダイエのあの日を思い出した。あの時彼女は朝から出かけ、彼はカジノから浜辺まで彼女を探して彷徨《さまよ》った。そしてビダソア川の近くで泣いている彼を彼女が見つけた夜……どういう訳か、この思い出は彼には辛かった……腹立ちまぎれに煙草を遠くに投げつけた、煙草は暖炉の大理石に火の粉を散らしてつぶれた。

「出かけるぞ、ピエロ」

ピエロが尻尾を振った。

イヴは別れのしるしにピエロの耳をちょっと引っ張って出かけた。

彼は街中《まちなか》をしばらく歩き、最後にブーローニュの森に行こうとタクシーを呼び止めた。パヴィヨン・ロワイヤルで何か冷たいものを飲むために車を停めようと思った。だが乳白色の霧に包まれた夜はあまりに異様に美しく、彼は運転手にロンシャンまで行ってくれと伝えた。暗がりの中にいると車が何台か隣に並んだ。直ぐ側に小型車が見つかり、そこで抱き合ったカップルがおぼろげに見えた。ちょっとそれを眺めていると、突然ヘッドライトのむき出しの光が溢れ出た。彼のごく間近にドゥニーズの顔が現れた。彼女はちょっと後ろにのけ反り、若い男が彼女にキスしていた。彼女は微笑んでするに任せていた。

突然、彼女が抱擁から身を振りほどくのを彼は見た。帽子を被っていない彼女の頭、夜風がかき立てる巻き毛、そして幻想的な白光の中で、小さな立像のような端正な顔の全体、生まじめな口、彼が愛した正直な美しい眼差しを彼は見た。眼差しは暗がりの中で彼と分からぬまま、彼に据えられていた。

それから幻覚のように、全てが消えた。

彼はまだ身を起こし、まるで茫然として、両手でドアにしがみついていたが、タクシーはもう彼を湖の方に運んでいた。道を曲がって揺れた車の不意のショックで我に返った。彼は「停めろ！」と叫び、降りて、支払い、歩いて森の奥、ロンシャンの方向に入り込んだ。確たる考えはなかった。回り道をせず、ドゥニーズをまた見つけに行くように、彼女をちらっと見た場所に向かった。何分かすると立ち止まり、大声で言った。「俺は狂っちまった。彼女はとっくに立ち去ったじゃないか」だが見えない木に体をぶつけながら、あてもなく歩き続けた。

彼は瞬時も疑わなかった。疑いたくなかった。不幸を前にして決して逃げず、直ちにそこに身を投じた。恐ろしくも引き寄せられる深淵の中に身を投じるように。あの男は？　彼は男を見なかった。滑らかな髪を後ろに払った若者の頭だけ。だいたいそれはさして問題ではなかった。こんなふうに、彼女が自分を裏切った、彼女が欺《あざむ》いた、あの、ドゥニーズが？　彼はそのことに打ちのめされていた。たった今、自分が彼女に抱いていた盲目的な信頼がどこまで珍しく、異様で、貴重だったか、彼は理解した。何故だ？　結局は彼女も女だった、全ての女たち同様、嘘つきで、弱い。だが本当に、彼女は彼にとって〝全ての女たち〟だったか？　他の大勢の女たちのように、行きずりの関係、美しい夏の一日の思い出だったか？　彼はいつも彼女をちょっと妻のように扱ってはいなかったか？　アンダイエで、彼は彼女をずっと生娘のように大切にした。そしてそれ以降、考えの奥底であっても、彼女の些細な言葉、行動の一つを怪しんで故意に侮辱したことが一度もなかったか？　彼女のあの正直な美しい眼差し……だがあれもまた、何でもなかった……ひょっとして、彼女の貞節を疑うことはあり得たかも知れない、だが自分に対する彼女の愛は、決して！……その愛について、彼は一度も考えたことがなかった。所有するもの、常に自分が所有していると確信するもののことを、人は考えるだろうか？　彼の心の中で、それは根を張った確信であり、証明してみるまでもない一種根源的な真実だった。地球が回り、太陽が輝き、夜の後には必ず日が昇ることを知っているように、彼女が絶対に自分を愛して止まないことを彼は知っていた。看護してくれる人たちを苦しめる病気の子どものように、彼女を手荒く扱い、追い払うことができた。それは彼の権利であり、彼女は彼のものだったのだ。確かに彼は充分知っていた――自分がそれを望む限り、彼女はそこにいるだろうと。彼の人生の中で、その愛は優しく穏やかで、ちょっとぼんやりしたランプの光のように輝いていた……今、それが消えた……許す？　そんなことは思ってもみなかった。それでどうなる？　彼が彼女の中で愛したもの、それは彼女が与えてくれる安心だった。美しい眼、唇、小柄な体、他にも同じように美しい女はいた。だが、絶対に、どんな女にも彼女に抱いていた信頼を持つことはできまい。だから試すに及ばん……ドゥニーズは死んだ。彼は立ち止まった。彷徨い歩いて湖の側に来ていた。近づいて、きつく固まった様子で湖水を眺めた。渦を見るとちょっと吐き気のような軽いめまいがした。水は動き、かすかに輝いた。彼は立ち去った。ブーローニュの森から出ていた。誰もいない大通りを歩き、小道に入り込んだ。突然疲れを感じた。まだ明かりの点いた居酒屋があった。彼は中に入って座席に倒れ込み、飲み物を頼んだ。ワインが出た。彼は一気にグラスを空け、もう一度満たした。ちょっと酔いたかった。だがひどいワインは吐き気を催させた。グラスを置き、肘を着き、頭を両手で抱えた。カウンターの前で労働者たちが飲んでいた。彼らは語り合っていた。言っていることが分からぬまま、彼はそれを聞いた。人間たちの声音が彼には心地よかった。一つの言葉が彼を撃った──「明日」

〝ああ、そう、明日か〟彼は呟いた。

城壁が崩れ落ちるように、あらゆる心配事が彼に降りかかった。ヴァンドモアの知らせがない。金がない。三日に迫った支払期限。忌々しいオフィス。明日。ひどい暑さ。で、それから、何もない……一筋のほのかな光もない。暗黒、空虚……ヴァンドモアが助けに来ない場合、思い描いていた救いの機会の全て、彼はそれらを一種憎しみを込め、頑として退けた。

「ムッシュ、閉めますぜ」居酒屋のオヤジが言った。

彼は機械的に立ち上がって、支払い、表に出た。それからなおも長い間、あちらこちら、あてもなく歩いた、夜が過ぎて行った。突然、顔を上げると、自分の家だと分かった。後々、どうやってそこに辿り着いたか、彼は決して言えなかった。上がって、玄関で床に置かれた物にぶつかった。彼は身を屈めた。鞄だった。調理場からひどく眠たげなジャンヌが出て来た。

「ムッシュ、お待ちの方がいらっしゃいますよ」

彼は扉を押した。ヴァンドモアだった。

夢の中にいるように彼は聞いた。

「やあ……遅くなってすまん……あっちでなんやかや片づけなきゃならなくてな、分かるだろ？　……それからすぐに、汽車に飛び乗ってな……手紙より話が分かるだろ、な？　それに今月パリに用事があって……なんで電報を打たなかったって？　いや雪に埋もれた寒村に電報なんかないぜ。手紙を出したって着くのは俺と同時さ……だが、どうしたんだ？　幽霊みたいな顔をして……心配するな、さあ……何だってどうにかしようぜ……」

イヴは震える手で額をこすり、自分でも聞いて驚く空ろな声で、これだけ答えた——「ありがとう、ありがとう」

ヴァンドモアはすかさず尋ねた。

「おい？……うまくないのか？」

「だめだ、すまんな」

「金だけか？」

「それだけじゃない」

ヴァンドモアは身を動かした。

「ああ！」彼はそれだけ言った。

イヴは感謝して微笑んだ。同情さえ口にしない男の慎み、それこそが彼に必要なものだった。彼は自分の友を見た。

「ジャン」いきなり彼は言った。

「ああ」

「今度はいつ発つんだ?」

「あさって、二時だ」

「二日待てるか?」

「大丈夫だ」

彼は顔を上げ、まじまじとイヴを見た。イヴは泣き出す子どもの、憐れなしかめっ面をしていた。

「ジャン、俺を連れてってくれ」

ヴァンドモアは肩をすくめた。

「いいだろう」彼は言った。

22
終極

七月のその朝、ドゥニーズは余計な不審を招かずに、服を着て出かけられるよう、家中が目覚めるのをじりじりしながら待っていた。一晩中まんじりともしなかった。恐ろしい不安が心に住み着き、胸を締めつける苦しみは、今回、悲しいかな！　あまりにも的確だった。一週間前からイヴは知らせもなく姿を消していた。当初彼女はそれほど深刻に考えていなかった。だが、しばらくすると、この長引く不在はこれまでと異なるように思われ始めた。二日待った末、遂に電話をかける決心をした。二十分間、アパルトマンに呼び出し音が延々と鳴り響くのが聞えた。応答はなかった。二度、三度、かけ直した。何もなし。妙だった。彼女がちょうど確かめに出ようとしたところに、夫が戻り、床に就くまでの間ずっと身動きが取れなかった。恐ろしい夜だった。〝きっと彼、病気だわ〟彼女は思った。しばらく前から彼の顔色が悪かったことを思い出した。もしかしてどこかの病院にいるのかしら？　ああ、ああ、もし彼が本当にこの広いパリのどこかでたった一人で密かに苦しんでいるなら、私、彼のもとに走るために、夫も、子どもも、何もかも捨てるわ。ベッドにくずおれ、微に入り細に入り、延々と思い悩んだ。果てしない夜……ようやく、朝になった。隣の部屋で夫が目を覚まし、喫煙家の神経質な咳と声が聞えると、すぐ彼女は小間使いに呼び鈴を鳴らした。十五分で、入浴し、服を着て、街に出た。

荒れ模様の、耐えがたい七月の一日《いちにち》だった。朝の時間にもかかわらず、もう加熱したアスファルトから不衛生な蒸気が立ち上っていた。熱に焼かれ、縮こまり、かさかさ鳴る小さな黄色い葉が木から散っていた。タクシーの中で、ドゥニーズは歯を噛みしめ、火照った両手をこすり合わせた。タクシーが停まった。イヴの家だった。ドゥニーズはいつも通り管理人室の前を俯いて通り、階段を何段か駆け上った。呼び鈴を鳴らした。澄んで乾いた音が響いた。彼女は待った。誰も出てこなかった。もう一度、もっと長く鳴らした。自分の鳴らした音が部屋から部屋を横切って、甲高く、狂ったように鳴り響くのがよく聞えた。だが扉の向こうには、足音一つ、息一つなかった。そこで、今度は握り拳《こぶし》で扉を叩き始めた。その音で、管理人の女が駆けつけた。

「どうされました? 奥様」

「アルトゥルーさんは?」ドゥニーズは呟いた。

「あの方はお発ちになりましたよ、奥様」

ドゥニーズが茫然とした眼差しで自分を見たので、彼女は説明しなければならないと思った。

「もうパリにいらっしゃいません」

「長いこと出かけているの？」

「まあ！　そうだと思いますわ……権利を譲られましてね、明日の朝、引っ越して来られる方がいます」

「どこに行ったの？」

管理人の女は面倒を避けるために何も言おうとしなかったのか、実際何も知らなかったのか、とにかく首を横に振っただけだった。

「あなた、知らないの？」

「ええ」

「いいわ」ドゥニーズは呟いた。

彼女はこん棒で殴られたように呆然とした。チップをはずんで、執拗に管理人の女に口を割らせようとも思わなかった。閃光のように、遠い記憶が彼女の思いをよぎった。ほんの子どもの頃、父親が死ぬ夢をしょっちゅう見て、汗びっしょりで恐ろしい悪夢から飛び起きた。もしかしてあれは予感だったのか？　もしかして誰かが彼女の前で父が苦しんでいる心臓病の話をしたのか。とにかく彼女が夢の中で何度も繰り返し見た通り、父は急死した。その破局が自分をどう呆然とさせ、諦めさせたか、彼女は思い出した。〝それ〟は起こるべくして起こった。長い間、漠然と、彼女にはそれが分かっていた。同じように、ここで、閉ざされた扉を前にして、同じ宿命の思いが彼女を打ちひしいだ。苦しみ、不安、いつも恋人に側にいて欲しいという狂おしい欲求、彼の二日の不在が自分を投げ込む絶望、その全てで、彼女はこうなることを予知してはいなかったか？——物言わぬ扉、無人のアパルトマンの中の呼び鈴の音、ここ、陽に曝された踊り場で、この無関心な女を前にした彼女という存在そのものの恐ろしい無力。言葉もなく、襟首に大きな打撃を受けたように前屈みになって、彼女は階段を降り始めた。階段の下で立ち止まった。心が弱っていた。街路に出る前に、この門の敷居の上で、何度手袋をはめ、帽子を整え、顔に白粉を着けたことか。そして今は、もう二度と、もう二度と……大きな呻き声を上げて、彼女は自分で驚いた。それでも彼女の中で冷静な考えがまだ眠らずにいた。彼がどこにいるのか知りたかった。タクシーを呼び止め、彼のオフィスに行かせた。彼女が名刺を渡させたので、所長は即座に彼女を迎え入れた。彼が驚いて自分をしげしげと見るのがよく分かったが、こんな事で自分の夫の名を明かすのが常軌を逸しているという考えにも動じなかった。何の困難もなく、彼は自分の知っていることを彼女に明かした。アルトゥルーはフィンランドに発った、彼が思うところでは、家族の用件で急に呼ばれて。彼は住所を持っていた。彼女は惨めな小さな擦れ声で尋ねた。

「長い間行っていると、思われますか？　ムッシュ」

「いつまでもと、と私には言っていましたが」ためらいがちに所長は言った。

彼女は「ああ！」と言ったまま、微動だにしなかった。ただ頬から血の気が引き、口の端が窪んで急に老け込んで見えた。

困惑した所長が申し出た。

「住所をお望みですか？」

「まあ！　是非、お願いします、ムッシュ」大人しく辛抱強くしていれば望むものが手に入ると思い込んだ子どものように、彼女は言った。

確かに、彼女は表にこう記された封筒を受け取った。

サヴィタイポル

コイラミ市

ハパランダ*経由　　　　（フィンランド）

＊　バルト海に面し、フィンランドに隣接するスエーデン東端の都市。

この異国の奇妙な音節を読んだだけで、彼がどれだけ遠くにいるか、彼女ははっきりと理解した。

所長は、何となく彼女が気を失いそうな気がして、興味の混じった同情の目で彼女を見た。だが、彼女は鞭に打たれたように、急に毅然と姿勢を正した。

「ありがとうございました」

彼は口ごもりながら何か同情の言葉を口にしかけたが、彼女は彼が黙り込む程異様な様子で彼を見つめた。

「ありがとう、ムッシュ」

そして身振りで彼を遠ざけ、出て行った。

彼女はイヴの住所が記された紙きれを手に、再び通りに出た。遠くにそれを投げ捨てた。何になるの？　彼女が一度でも彼の意志に逆らったか？　そして彼の意志、今、別れも告げず去ってしまうことで、彼は彼女にそれをはっきり伝えてはいないか？　改めて、彼女は思った。〝私、ずっと分かっていた……彼がいつか、何も言わずに行ってしまうことがずっと分かっていたわ……〟

本能的に、彼女は自分の家に向かった。通りの角で立ち止まった時、戸口の前に夫の車が目に入った。彼女は驚いて時計を見た。正午になろうとしていた。もうじきテーブルに着き、ジャックの正面に坐って、泣いてやつれた惨めな顔を彼に見せなければならない。だがまさか、彼女にそんな力のあろうはずが！　夫の最初の質問で、彼女はわっと泣き咽び、全てを白状してしまうだろう。

彼女は近所の郵便局まで歩き、電話をかけてマリーを呼ばせた。

「マリー、私、お昼には戻れないわ……引き止められちゃって……病気のお友だちの家で……」

マリーにうまく切り抜けてもらうことにして、彼女は立ち去った。ひどい暑さが彼女にはありがたかった。考えたり、思い出したりせずにすむ……彼女はもうほとんど苦しんでいなかった。薄い靴底を通して、アスファルトが足に焼けついた。他には何も感じなかった。彼女は歩きに歩いた。ひょっとして、ある夜の恋人の悲劇的な散歩を自分がやり直しているとは思いもせず……

どうやって来たかあまり分からぬまま、セーヌの川岸にいた。橋を渡った。いくらか涼しい空気が水から吹き上がった。唐突に、一種の肉体的な麻痺にすぎなかった彼女の諦めは、立ち止まって、窒息した女のように喉に手を当てる程の絶望にねじ伏せられた。

「イヴ、イヴ……」

彼女は彼を裁かなかった。いつでも、彼女は彼に対して迷信的な尊敬の入り混じった不可解の念を抱いていた。それは女の男に対する愛のほぼ全てを意味する。彼女は憎しみも、怨みも、軽蔑も持たなかった。果てしない茫然自失以外何一つ。彼の失踪に、神の意志のように、盲目的に耐え忍ぶしかない男の意志以外の理由を垣間見ることさえなかった。真実のほのかな光さえ見えなかった。しかも、あの夜、ブーローニュの森の暗がりで、イヴが自分の側にいたことを、彼女が知ったにせよ、気づいたにせよ、彼女がそれ以上理解することは多分なかっただろう……あれが〝浮気〟と呼べただろうか、あんな歓びもない遊び、彼女が何時間か心を紛らせた暇つぶしが？　あれは結局、彼のため、彼に取りつき、彼を窒息させるあの激し過ぎる愛情をちょっと静めるためではなかったか？　確かに、彼女はイヴに対して自分に罪があると思わなかった。そもそも、彼女は理解しようとしなかった。人が死ぬ時、人は〝何故〟とは問わない。それは定めなのだ。

彼女は歩いた、いつまでも歩いた、疲れは感じず、一人なので、誰にも隠したり、偽ったり、微笑まずにすむので、いくらか心が軽かった。

彼女は川岸を歩いた。時々、陽を浴びたセーヌの強烈な照り返しに疲れた眼を閉じ、それから川の土手から立ち昇る石炭の臭いを嫌々吸い込んだ。一つの店の中でオウムが鳴いていた。ビストロの開いた扉から、思い出したように、饐《す》えたワインの臭いと一緒に、少しばかりの涼しさと日陰が届いた。

一つの香りのような唐突で曖昧な記憶に打たれ、ドゥニーズは立ち止まった。周囲を注意深く見渡した。彼女は思い出した。一度、イヴと一緒に、ここに来たことがあった。ただし、雨の降る冬の晩に……濡れたゴム河童を着て、コンロの赤い炎に手をかざしながら暖を取っていた土木作業員たちが、通り過ぎる二人を見て笑った。二人は驟雨の下で、互いにぴったり身を寄せ合いながら、とても静かに歩み去った……風が吹き消しそうな揺らめく街の明かり……ああ！　彼女は思い出した、はっきりと思い出した……そして、よくあるように、その記憶は手を繋いだ子どもたちのように、それ以外の記憶を彼女の方に導いた……彼女は幻覚にとらわれたように、正確にイヴの顔を思い浮かべた。その顔立ちよりもさらに遠く、さらに深くさえも思い浮かべた――彼の眼差し、微笑み、束の間の心模様、欲の薄さ、怒り、疲れ、それと稀にほとばしり出る愛情、気まぐれ、沈黙を。

そしてその時、彼女はまた愕然と、自分が不幸だったことも思い出した。もう分からなかった。記憶の中で関係の全てを熱心にたどり直した。単調、退屈、不安、悲しみ……秋の日のような暗く悲しい、惨めな恋……どうして今、それが彼女の記憶の中で、一種苦く穏やかな色合いを帯びるのか？　死ぬことが分かっていて、看護婦に自分の苦痛や人生の惨めさを訴えて自分を慰めようとする病人のように、彼女は改めて、必死の思いで、悲しい時間、深い苦しみ、疑いを思い描こうとした……それは死人のように弱く生気のない思いだった。だが、不意に、記憶が浮かび上がった。彼女が呼んだのではなく、はっきりと、叫びたいほど生き生きと。イヴの微笑み、思いがけない、汚れのない、生真面目な優しい微笑み。それは子どもの微笑みのように、ぱっと顔全体を輝かせ、きらめく光のように口元に残って、ゆっくり消えていく。彼女はまるで触れるように、本能的に両腕を差し出すほど間近にそれを見た。

「いいえ、あれは幸福だったんだわ！」

彼女は大声でそう叫んだ。通りかかった男たちが驚いて彼女を見た。彼女は恥ずかしくなった。上げた手を口元に下ろし、嗚咽を押し殺した。熱狂は一挙にさめ、彼女は打ちひしがれ、死ぬほど疲れ、輝くセーヌを呆けたように眺めながらそこに佇《たたず》んだ。タクシーが通った。

運転手が彼女を見て速度を落とした。彼女は無意識のうちに乗って、住所を告げた。車は古い尖った舗道の上を揺れながら走った。彼女は泣かなかった。もう苦しみさえなかった。ただ、少女が自分には分からない問題でやるように、絶えず繰り返した。

〝さあ、さあ、お終い……私、あれが幸福だったとは知らなかった……そして今は、それもお終いね……〟

了

一九二六年

訳者あとがき

「誤解」(Le malentendu)は、一九二四年から二五年にかけて執筆され、一九二六年二月、ファヤール書店発行の月間文芸誌『自由作品』(Les Oeuvres Libres)に掲載された。この時、作家は二十三歳。ファヤールは実績のある出版社であり、『自由作品』にはプルーストやフランシス・カルコ等有力作家の作品が連載されている。本作はイレーヌ・ネミロフスキーが初めて取り組み、発表した長篇作品である。

三年後、一九二九年、ユダヤ人実業家の晩年を苛烈に描き出した力作「ダヴィッド・ゴルデル」がフランスの読者に大きな衝撃を与え、彼女は一躍注目を集める。本作はその先行作品として一九三〇年、ファヤールの文芸叢書の一冊として刊行された。執筆時と同じ、一九二四年から二五年にかけて物語が進行する、当時における完全な現代小説である。

ロシア生まれ、パリ在住のユダヤ人女流作家は、本作のヒロイン、ドゥニーズ・ジュッサンの「とても静かで、穏やかで、平坦な」人生とは見事に対照的な騒然たる波乱万丈の前半生を送った。一九〇三年、新興の金融資本家の娘としてロシア帝国の統治下にあったキエフ(キーウ)に生まれ、ユダヤ人を排斥する暴動〝ポグロム〟の恐怖に曝されながら少女時代を送る。一九一八年、ロシア革命の騒乱を逃れ、転居していたサンクトペテルブルグから家族とともに、フィンランド、スエーデン経由でフランスに到着。一九二〇年、ソルボンヌ大学に入学し、ロシアの世紀末文学と比較文学を専攻する。経済的には恵まれていたが、家庭内は虚栄的で不品行な母との葛藤のるつぼであった。母を敬愛するドゥニーズとはやはり対照的に、後年、彼女は母について「憎しみなしにその文字を書くことができない」と記し、その関係を自伝的作品「孤独のワイン」（一九三五年刊行）で、一種復讐の念を込め、ヴィヴィッドに描き出している。

彼女の青春には、二つの顔があるように思われる。一つは篤学な文学の徒としての顔。流浪生活の中にあっても彼女は本を手放さず、年譜にあるだけでもスタンダール、バルザック、モーパッサン、ロスタン、デュマ、ゴーティエ、ユイスマンス、プルースト、ラルボー、シャルドンヌ、モーロア、トゥーレ、タロー兄弟等フランス近現代の主要な作家をこの時期までに読破している。本作にもボードレールの他、ロティ、ブールジェの名が登場する。因みに本作の英訳者、サンドラ・スミスは本作にフローベールの「ボヴァリー夫人」がこだましている、と指摘している。むろん、トルストイ、チェーホフを初めとする母国の作家たちの作品にも精通していた。一九二二年にはソルボンヌで語学とロシア文学の優等の修業証書を受領し、後には比較文学、ロシアの文献学も非常に優秀な成績で修了している。

もう一つはデカダンスの色濃いアプレゲールの子女としての顔。パリや避暑地のニースで同年代の旧ロシア上流階級の流謫の若者たちと交際し、ダンスホールやナイトクラブ、キャバレーにも通う。〝私は青春の愉しみを決して軽蔑しませんでした。いっぱい旅をし、いっぱい踊りました！〟（一九三五年雑誌のインタビューに答えて）一方ソルボンヌではフランス人の市民階級の子弟たちとも盛んに交流し、生涯に渡る親交を結んでいる。彼女のパリのアパルトマンには夜毎友人たちがおしかけた。高踏派の詩人アンリ・ド・レニエは「ダヴィッド・ゴルデル」を称讃し、終生彼女の作品の良き理解者、擁護者となるが、奇しくもこのアパルトマンの階下に住んでおり、若者たちの騒々しさに悩まされたという。

こうした中で、彼女の創作への意欲は徐々に、しかし確実に醸成されていった。

一九一八年の手記にはロシア語で初めての詩が記載されている。

まるで違う人たちの中で生まれて
時に思う
私は異邦人、
予め異なる運命が告げられていると
私は夢の全てをその運命に捧げる

一九二一年にはフランス語で一連のアフォリズムを黒い手帳に書きつける。「幸せが存在しないとしても、この世には少なくとも充分に正確なその模造品がある——創造すること」

ここに象徴されているように、ロシア生まれの少女の記述はロシア語からフランス語にシフトして行く。元々ロシア語より先にフランス語をしゃべり、少女時代から避暑等でフランスの地を頻繁に訪れていた彼女にとって、フランス語で創作することは何の困難もなく、自然な流れでもあっただろう。しかし、異邦——フランスにあって、その言語で創作することには、フランス人の作家がフランス語で書くのとは異なる、一種自覚的な意志が働いていたと思われる。

「誤解」にはその意志が強く感じられる。ドゥニーズの旧姓はフランシュヴィエーユ、娘の名はフランスであり、作家のこの国への思い入れを物語る。イヴとドゥニーズの出会いの場となるアンダイエは彼女が両親や、後には夫や娘と毎年のように訪れた鍾愛の避暑地である。作家は処女長篇の舞台としてこの地を、モチーフとして同時代のフランス人男女の恋愛を選択した。本作には彼女のフランスへの愛と同時に、フランス語で作品を創作することの大きな歓びが感じられる。前半部の恋の歓び、後半部のその苦しみを描き出す彼女の筆致には、一種、自らの表現力を楽しんでいるような官能性を帯びた若々しい活力が漲《みなぎ》り、才能ある作家の船出を告げている。

しかし、ドゥニーズ同様、作家は「夏の恋物語の安っぽいポエジー」など求めなかった。時あたかも Les annes folles（狂騒の時代）の最中《さなか》にあったが、その世相を描き出すことも彼女のテーマではなかった。この時、彼女は既に作家として成熟した視点を持っており、本作は、彼女の特性である鋭い社会観察と人間心理の解剖に貫かれている。

イヴ・アルトゥルーは「夏休みが人生の終わりにでも中途にでもなく、最初に来てしまう」という「人間の最大の不幸」（種村季弘）を一身に背負った人物である。恵まれ過ぎた少年期と「青天の霹靂」のように投げ込まれた戦争は、彼から生活力を奪う。恋愛においても彼は消極的であり、ドゥニーズへの恋は「真夏に喉が渇いている時、冷たい水滴で曇った氷水を持って、飲まずに、長い間唇を寄せる」楽しみであり、唇を着けてしまえば、恋人の存在すら煩わしく、その関係は「苦役」以外のものではなくなってしまう。生活においても、恋愛においても彼は「ものぐさ」「成り行き任せ」であり、休息以外求めない。ここには過去の精神的土壌を破壊され、宙づり状態になった第一次世界大戦後のヨーロッパの時代の病理が極端な形で表れている。おぼっちゃま育ちで苦労知らずの青年がいきなり「死んで行く者たちの目の奥を深々とのぞきこみ」「傷ついて倒れ」「死ぬ前に一目空を見ようとして絶望的に瞼を大きく見開いた」時、何が起こるか？　一種の痛ましい実験をこの男は身をもって経験した。その生活における無能ぶり、愛における不能ぶりを作家は繰り返し描き出す。痛切にその存在を必要としているドゥニーズに対して、彼はあたかもそこに最後のモラルがかかっているかのように、愛という言葉を発しない。或いは発することができない。作家は甦ったラザロに例えているが、T・S・エリオットの語彙で言えば彼は「荒地」を歩む「空ろな人間」である。作家は彼を批判も断罪もせず、その意識の様態を仮借なく解剖する。彼の中にも「未知のほのかな光」のような愛への希求はある。だがドゥニーズのような理想的な対象を得ても、愛は結実せず、「臆病な自尊心」が彼女と苦しみを分かち合うことを妨げ、現実生活の中で彼を生かす力とならない。彼とドゥニーズの間には「二つの存在を繋いで一つに結び、歓びも悲しみもひそかに共にさせる心の琴線」が決定的に欠けているのだ。彼にパイオニアとしての新生活を提供したのは、若い作家のせめてもの思いやりだろうか。

「純真」「健康」なドゥニーズには彼の空虚も苦しみも理解できない。彼女には大戦以前のフランスの精神的・物質的遺産がそのまま残っており、その範疇を外れたものには想像も理解も及ばない。その意味で彼女も確かにエゴイストである。彼女の一途なイヴへの恋愛感情、彼への求愛は終始報われない。だが「明かりのない部屋の中の哀れな鳥のような」彼女に帰る場所はないのだろうか？イヴの不可解な失踪に際して、彼女はレミニセンスとして父親の死を思う。彼女の意識はそれほど深々と過去に埋め込まれている。彼女はそこに戻れないのか？　賢明な母親の人生を再現できないのか？　むろん彼女の遺産が残り続ける保証はないとしても。終極で「あれが幸福だった」と回想するイヴとの恋愛は、彼女のその後の人生にどのように刻まれるのか？

こうした二人の実らぬ、そして予断を許さぬ関係を描き出す作家の技法には一つの特徴がある。それは例えば十五章「エゴイスト」に端的に表れている。イヴの自分への愛を信じることができないドゥニーズはイヴを問い詰め、執拗に求愛し、愛の言葉を求める。イヴは彼女をいさめ、休息を求める。やりとりの中で、二人の感情は絶えず揺れ動き、攻守も入れ替わる。二人がぶつけ合う言葉と、二人の意識、感情、行動を追う作家の描写によって話は展開する。作家はニュートラルな観察者であり、そこに注釈を加えない。作家ではなく、二人が話を創り出していく。そしてそのことによって、「エゴイスト」同志の出口の見えない関係がまざまざと浮かび上がるのだ。

人間を対立関係の中で捉える時、最も精彩を放つ作家のこの技法は以降、多くの作品で緊迫した場面を生み出していく。この作家はしたたかな観察者である。異邦人の目が、本作において、主人公二人の中にあるフランス人の選良意識、差別意識に及んでいることにも注目したい。ドゥニーズは黒人に対して黒ん坊（moricaud）、イヴはユダヤ人に対して畜生（animal）という明らかな差別用語を使う。イヴは嘲弄的にそのなまりの真似までして見せる。ここでは作家の表現を使えば、「密かな予告」「目立たない小さな傷」のようだが、差別は後続作品において、にわかに大きなテーマとなって激しい展開を見せ、徹底的に追及される。こうした点を含め、技法的にも内容的にも本作には今後の大きな展開を予想させる様々なエッセンスが詰まっているのだ。

とはいえ本作は習作の域をはるかに超える、濃密で成熟した作品である。若干二十三歳の作家はその逞しい筆力で、同時代の異邦の男女の不毛の愛を見事に造形してみせた。終極でドゥニーズが思い浮かべるイヴの微笑のようにチャーミングな「未知の風味」を味わっていただければ幸いである。

今回、13冊目にしてイレーヌ・ネミロフスキーの処女長篇に取り組み、作家の〝若さ〟に接することができたのは訳者として大きな歓びでした。分け入れば分け入るほど、未知の果実に出会える、彼女はそうした作家だと思われます。

積極的に刊行に当っていただいた未知谷社主飯島徹さん、編集の伊藤伸恵さんに心から謝意を捧げます。盟友、蓑田洋子さんには今回も非常に適切、犀利なアドヴァイスをいただきました。素晴らしい写真をご提供いただいたみやこうせいさん共々感謝の言葉を送りたいと思います。

二〇二三年　春めく季節に

芝　盛行

Irène Némirovsky (1903～1942)

ロシア帝国（現ウクライナ）キエフ生まれ。革命時パリに亡命。1929年「ダヴィッド・ゴルデル」で文壇デビュー。大評判を呼び、アンリ・ド・レニエらから絶讃を浴びた。このデビュー作はジュリアン・デュヴィヴィエによって映画化、彼にとっての第一回トーキー作品でもある。34年、ナチスドイツの侵攻によりユダヤ人迫害が強まり、以降、危機の中で長篇小説を次々に執筆するも、1942年にアウシュヴィッツ収容所にて死去。2004年、遺品から発見された未完の大作「フランス組曲」が刊行され、約40ヶ国で翻訳、世界中で大きな反響を巻き起こし、現在も旧作の再版や未発表作の刊行が続いている。

しば もりゆき

1950年生まれ。早稲田大学第一文学部卒。訳業に、『秋の雪』『ダヴィッド・ゴルデル』『クリロフ事件』『この世の富』『アダ』『血の熱』『処女たち』『孤独のワイン』『秋の火』『チェーホフの生涯』『二人』『アスファール』（イレーヌ・ネミロフスキー、未知谷）。2008年以降、イレーヌ・ネミロフスキーの翻訳に取り組む。

誤解《ごかい》

二〇二三年三月二十日印刷
二〇二三年三月三十日発行

著者 イレーヌ・ネミロフスキー
訳者 芝盛行
発行者 飯島徹
発行所 未知谷
東京都千代田区神田猿楽町二 - 五 - 九
〒一〇一 - 〇〇六四
Tel.03-5281-3751 ／ Fax.03-5281-3752
［振替］00130-4-653627

組版 柏木薫
印刷 モリモト印刷
製本 牧製本

Publisher Michitani Co. Ltd., Tokyo
ISBN978-4-89642-689-2 C0097